KB005670

나에게 이르는 길

정태성 수필집

도서출판 코스모스

나에게 이르는 길

머리말

언젠가부터 참나로서 살아가기 위해 나름대로 노력하고 있습니다. 그것이 쉽지는 않지만 그럴 수 있도록 노력하고 있기에 어느 정도의 소망은 있습니다.

그럴 수 있기 위해 책을 읽고, 생각하고, 글을 쓰곤 합니다. 그러한 시간들이 저에겐 너무나 중요하고 즐겁고 행복합니다. 어제보나 나은 오늘, 오늘보다 나은 내일이 되기 위해 노력함에 있어 기쁨을 느낍니다.

시간이 있을 때마다 저 자신을 돌아보고 내가 누구인지, 어떤 방향으로 나아갈지 생각하며 글을 써오고 있습니다. 그동안 써온 글을 모았습니다. 어떤 주제나 목표 없이 저 자신의 내면을 위해 쓴 글이라 두서도 없고 구성도 변변치 못해 부끄럽지만, 더 나은 내일을 위한 노력의 흔적으로 보아주시기 바랍니다.

글의 순서 상관없이 자유롭게 읽어도 상관 없습니다. 비록 한 문장이라도 읽는 분에게 조금이라도 도움이 되었으면 합니다.

2023. 1.

저자

차례

차례

1. 별것 아닙니다

그동안 많은 사람을 만나며 기쁨과 행복도 있었지만, 아픔과 상처가 많았던 것도 사실입니다. 나름대로 최선을 다했지만 믿었던 사람에게 배신을 당하기도 하고 가슴 시린 일도 많이 경험했습니다. 그로 인해 받은 커다란 상처는 너무 깊어서 치유되지 않을 것 같았습니다. 상처가 치유될 만하면 다시 그런 일이 생겼습니다. 그로 인해 또 다른 마음의 아픔을 겪었고 간신히 그 일을 넘겼습니다. 그로 인한 상처가 아물만하면 또 다른 사람이 힘들게 하였습니다. 그렇게 아픔을 잊을만하면 다른 상처가 생기고 하는 일들이 반복되었습니다.

그로 인해 인간의 본질에 대해 가슴 깊이 느낀 것은 사실이나 다시는 그러한 일을 경험하고 싶지 않다는 것이 솔직한 고백일 것입니다. 커다란 아픔이 지나가기를 거듭하니 나중에는 아예 인간에 대한 기대를 버렸습니다. 최선을 다해도 돌아오는 것은 상처밖에 없다는 것을 너무나 절실히 알게 되었습니다. 인간이란 존재 자체에 대한 회의가 마음을 짓눌렀습니다. 미움은 분노로 변했고, 분노는 증오로 되어 인간 그 자체에 대한 환멸까지 느꼈습니다.

사람에 대한 상처도 면역이 생기나 봅니다. 언젠가부터 사람들에게서 받는 아픔을 느끼지 못하기 시작했습니다. 그가 어떤 일을 나에게 해도 더 이상 상처가 되지 않았습니다. 단순히 시간이 흘러 그렇게 된 것 같지는 않습니다. 어떤 이가 나를 힘들게 해도 그를 미워하는 마음이 생기지 않게 되었습니다. 물론 순간적으로 그에 대한 나쁜 마음이 생기는 것은 사실이나 정말 짧은 시간 안에 다 사라져버리는 것을 보고 나 스스로도 놀랐습니다. 그리고 차라리 용서를 하자는 마음으로 제 마음을 내려놓았습니다. 그렇게 하고 나니 사람으로 받는 아픔이나 상처도 별것 아니라는 것을 알게 되었습니다.

가진 것 하나 없이 결혼을 했습니다. 자가 주택은커녕 전세조차 꿈을 꿀 수 없었습니다. 방 하나짜리 월세방에서 시작했습니다. 결혼하고 5년이 지나니 2년 터울로 아이들 세 명이 생겼습니다. 밤에 아내와 세 아이가 나란히 누워 자는 모습을 볼 때마다 가슴이 무거웠습니다. 어떻게 이 식구들을 먹여 살려야 할지 앞이 막막했습니다.

고만고만한 아이 셋을 밥 먹이다 보면 내가 밥을 먹었는지, 안 먹었는지 헷갈릴 때도 많았습니다. 아이들 입에 밥을 떠넣다 보면 아이 밥을 내가 먹고 있기도 하고, 내 밥을 아이 입에 넣어주기도 했습니다. 아이들 때문에 정신이 없어서 내가 밥을 입으로 먹는 건지 코로 먹는 건지도 알 수가 없었습니다.

첫째와 둘째가 남자아이고 막내가 딸아이였습니다. 딸아이가 오빠들 틈에서 조금은 외로워하는 것 같아서 아내에게 막내를 위해 딸 하나 더 낳는 것은 어떻겠냐고 물었다가 아내가 나를 인간도 아니라는 듯이 쳐다보는 눈빛 때문에 두 번 다시 이야기를 꺼내지도 못했습니다.

아이들은 쑥쑥 커나가기 시작했습니다. 아이 셋이 먹는 양도 어마어마해지기 시작했습니다. 귤을 한 박스 사면 이틀도 가지 않았습니다. 치킨이건, 피자건, 과자건 아무리 사다가 줘도 언제 사왔냐는 듯 금세 다 사라져버리고 말았습니다. 퇴근하면서 먹을 것을 사다 아이들에게 주면 세 녀석이 전쟁을 하듯 먹어 치워버렸습니다.

그렇게 정신없이 모든 것을 아이들에게 쏟아부었습니다. 이제는 세 아이 모두 성장해서 더 이상 제가 신경 쓸 일도 없어졌습니다. 아이 셋을 키우느라 정신없이 살았지만 아이 셋 키우는 것도 별것 아니었습니다. 지금 같아서는 넷은 물론 다섯 명도 키울 수 있을 것 같습니다.

결혼하기 전 LA에서 뉴욕주까지 혼자 길을 떠났습니다. 자동차에 짐을 실으니 트렁크는 말할 것도 없고 뒷좌석까지 가득 차 차의 바퀴가 내려앉아 끝까지 갈 수 있을지 걱정이 되었습니다. 한 번도 가본 적 없는 5,000km 길을 앞만 보고 달렸습니다. 25년 전이었기에 당시엔 내비게이션은커녕 핸드폰도 없었습니다. 미국엔 아는 사람 하나 없어서 중간에 무슨 일이 생겨도 연락할 곳이 없었습니다. 운전을 하던 중 그 넓은 미국 대륙 한복판에서 제가 만약 강도를 만나거나 저에게 다른 무슨 일이 생겨 사라져 버린다면 저를 찾지도 못할 것이라는 생각이 들었습니다.

커다란 미국 지도 하나를 옆 좌석에 놓고 캘리포니아, 네바다, 애리조나, 콜로라도, 네브래스카, 아이오와, 일리노이, 인디애나, 오하이오, 펜실베이니아주를 거쳐 뉴욕주까지 일주일 정도 걸려 도착했습니다. 출발할 때는 언제 도착할지 걱정과 근심으로 마음을 졸였으나, 도착해 보고 나니 괜한 염려를 했다는 생각이 들었습니다. 그 이후로 미국 대륙 동서 횡단 5,000km를 7~8번 정도 했습니다. 남북은 3,000km 정도 되는 데 그것은 3~4번 정도 했습니다. 미국 대륙 횡단도 해 보고 나니 별것 아니었습니다.

스위스에서 직장 생활을 할 때 누나네 식구 4명이 저를 방문했습니다. 저희 식구 5명과 누나네 4명, 합해서 9명을 데리고 스위스, 프랑스, 네덜란드, 벨기에, 룩셈부르크, 독일, 오스트리아, 이탈리아까지 2주일 정도를 다녔습니다. 저도 유럽에서는 스위스를 제외하고는 가본 나라가 없었습니다. 당시엔 인터넷도 그리 발달하지 않아 각 나라별로 묵어야 할 호텔도 전화로 예약을 했습니다. 어떤 전자기기도 없이 지도 하나만 달랑 믿고 길을 떠났습니다. 모든 사람들이 저만 의지하고 있다는 생각이 엄청난 압박감으로 작용했습니다. 경험도 없이 많은 식구를 데리고 여러 나라를 다니면서 많은 일들이 있었습니다. 새벽부터 밤늦게까지 긴장을 놓을 사이도 없이 9명을 책임져야 한다는 것으로 인해 마음고생이 심했던 것도 사실입니다. 당시엔 아이들도 어렸기에 일

일이 다 챙겨주어야 했습니다. 하지만 그것도 지나고 나니 별것 아니었습니다.

교통사고로 인해 죽음이란 것이 어떤 것인지 직접 체험할 수 있었습니다. 사고가 나는 순간 '사람이 이렇게 죽는 것이구나' 하는 생각이 들었습니다. 어렴풋이 앰뷸런스 소리가 들렸고, 전기톱으로 제 자동차 문을 자른다는 것을 느낄 수 있었습니다. 앰뷸런스 안에서 제 몸에 바늘이 꽂히기 시작했습니다. 누군가 무언가를 물어보는 데 대답을 하지 못했던 것 같습니다. 그리고는 정신을 잃었습니다. 몇 시간이 지났는지 모른 채 깨어나 보니 눈앞에 하얀 형광등이 있는 것을 보고 저승이 아니라는 생각이 들었습니다. 운이 나빴다면 30년도 살지 못한 채 이 세상을 떠났을 것입니다. 흔히 사람들은 이런 경험을 임사체험(Near Death Experience)이라고 했습니다. 삶과 죽음의 경계에 서 보니 산다는 것과 죽는다는 것 그 자체도 별것이 아니었습니다.

예전엔 삶이 엄청난 것이라 생각했었습니다. 거창한 인생의 목표를 세우기도 했고, 그것을 위해 몸부림친 것도 사실입니다. 하지만 이제는 많은 것에서 마음을 내려놓게 됩니다. 그로 인해 삶에 대해 자유를 느끼는 것 같습니다. 사람에 대해서도, 일에 대해서도, 꿈에 대해서도, 내가 지향하는 것에 대해서도 이제는 욕심을 부리고 싶지 않습니다. 그저 오늘이 저에게 주어진 것만으로도 충분한 것 같습니다. 모든 것은 사실 별것 아니라는 것을 이제는 잘 압니다.

2. 행복을 포기하지 않으며

행복을 꿈꾸는 것은 어쩌면 당연한 것이겠지만, 살아가다 보면 어렵고 힘든 불행한 시간이 우리를 압도하기도 합니다. 그런 아픈 시간을 이겨내야 또다시 행복에 대한 소망을 이룰 수 있는 것이 아닐까 싶습니다.

어려운 환경이 주어지더라도, 어떠한 일이 닥치더라도, 내가 할 수 있는 일이 없을지라도, 나의 한계를 넘어서는 일이 일어나더라도, 행복에 대한 소망을 포기하지 않기로 하였습니다.

행복에 대한 소망을 포기하지 않는 이유는 제 자신을 사랑하기 때문입니다. 겨우 몇십 년을 살아가고 끝내야 하는 이 세상에서 나 자신을 진정으로 사랑하는 사람은 나여야 한다는 마음이 들었습니다.

과거에 어떠한 일이 있었던 것은 상관하지 않고 오늘 행복하고 내일도 행복하기 위해 나의 행복에 대한 작은 소망을 깊이 간직하렵니다.

이 세상에 완벽한 것은 존재하지 않습니다. 나 자신도 완벽하지 않기에 실수도 하고 잘못도 하며 그로 인해 많은 시행착오를 겪기도 합니다.

하지만 그러한 것이 행복에 대한 꿈마저 앗아가지는 않도록 해야 합니다. 우리가 현재 존재하는 이유는 과거보다 더 나은 미래를 희망하기 때문일 것입니다. 어제보다 더 나은 나 자신이 되도록 노력하고 오늘보다 더 나은 내일의 내가 되기 위해 힘들고 어려워도 지금을 살아내고 있기에 그 희망은 의미가 있을 것입니다.

누군가는 나의 무능을 탓하고, 나의 잘못을 비난하며, 나의 실수를 우스워하겠지만, 그들은 보여진 것만 보기에 그럴 것입니다. 보이지 않는 나의 모습이 더 나은 내일을 기다리고 있기에 나는 오늘도 행복에 대한 소망을 마음 깊이 간직하고 있습니다.

다른 것은 바라보지 않으려 합니다. 다른 사람에게 기대하지도 않으려 합니다. 그저 나에게 주어진 시간 안에서 나 자신이 행복할 수 있기 위해 노력하는 것으로 충분합니다. 주어진 시간이 얼마일지 모르기에 오늘 행복하고 내일도 행복하기 위해 마음을 비우고 욕심을 버리며 나 자신을 내려놓고 존재 그 자체로 만족하며 순간을 채워나가다 보면 작은 소망이 하나씩 이루어질 것이라 생각됩니다.

어제부터 눈이 많이 내렸습니다. 어릴 때 눈 속에서 마음껏 뛰놀던 것이 생각이 납니다. 어릴 때 꿈꾸었던 행복이 모두 이루어지지는 않겠지만 아직도 이룰 수 있는 것이 많이 남아있음을 확실히 알고 있기에 그 작은 소망을 위해 오늘이 주어진 것이 감사할 따름입니다.

3. 인연이 질긴 이유

박영한의 단편 소설 〈카르마〉는 산골 오지에서 만난 사지가 절단된 남자와 그의 집에 사는 정신박약 부부 등의 일상을 통해 자신의 어린 시절과 가족사에 대해 이야기하고 있다. 주인공이 과거를 들추고 상처를 갈무리하는 과정에서 '어머니-나-딸'로 이어지는 카르마, 즉 업(業)의 고리를 확인하게 된다.

“한 지붕 밑의 저 모진 목숨들과 곁방살이하게 되면서 내 육신은 온전한 나의 것일 수 없었다. 그들의 고통은 단지 자신들만의 몫이 아니라 내 청년 시절과도 연관이 있지 싶은 생각에 덜미를 잡히곤 한 나였다. 팔다리가 잘려나가고 눈, 코, 입에서 진물을 흘리며 팔꿈치로 방바닥을 설설 기어다니는 그것은 아상에 사로잡힌 나의 또 다른 모습이 아닐 것인가. 아버지와 자식들의 냉대를 받으며 외양간의 가축보다 하등 나을 것도 없는 삶을 살다 간 어머니, 나무관세음.”

우리의 삶은 나 혼자만의 삶이 될 수가 없다. 많은 인연이 얽히고 설켜 한평생을 살아갈 수밖에 없다. 내가 원하지 않은 인연, 끊고 싶은 인연도 있고, 잇고 싶어도 이을 수 없는 인연도 있다. 삶이 간단할 수가 없는 것은 이러한 인연이 나의 의지와 생각대로 되지 않기 때문이다.

“지금은 아내가 어머니 몫을 대신해 주고 있어서 목마름이 덜해졌지만 청소년기의 어머니는 있으나 마나 한 존재여서, 지난날 나의 패덕과 정신적인 황폐는 어쩌면 어머니 없음에서 비롯된 것일지 모른다. 그 시절 내게 어머니란 한시바삐 어디다 내다 버리고 싶은 귀찮은 짐 보퉁이 같은 존재였다. 그건 아마도 나 한 사람뿐만 아니라 아버지와 형제들에게도 마찬가지였으리라. 가족들의 삶을 구렁텅이로 몰고 간 어머니의 반평생이란 회상하기에도 끔찍한 그 무엇이었다. 굳이 옛일을 되살리려 애써본 적도 없지만 지난날들이 스멀거리며 되살아나기라도 할라치면 도망치기 바빴던 내가 아니던가.”

아무리 가까운 인연이라 하더라고 차라리 없는 인연이 나을 수가 있고, 살아가면서 가장 커다란 아픔과 상처를 주는 것이 나와 가까운 사람과 얽힌 인연일 수도 있다.

인연으로 인해 삶의 기쁨과 행복을 느끼기도 하지만 그러한 인연이 평범한 삶을 불가능하게 만들기도 한다. 그 아픈 시간과 상처는 시간이 지나도 쉽게 치유되지도 않고 언제 또 그러한 아픔을 겪게 될지 알 수도 없다.

“둘째 형님의 시신이 어느 산골짜기에 묻혔는지 아직까지도 나는 모른다. 다만 아버지가 시신을 고리짝에 넣어 지게에 지고 나가던 그 겨울, 이른 새벽의 골목길을 울리며 사라져가던 아버지의 고무신 발자국 소리. 고리짝 무게를 못 이겨 부들부들 떨던 아버지의 흰 다리. 그 모든 것들이 결국은 윤회 생사의 긴 과정에 끼여든 한 토막 삽화였으며, 그 삽화의 연장이 나를 비롯한 중생들의 현재 모습임을 이 나이 되어서야 깨닫게 되다니. 무지요, 무명이로다. 나무관세음."

삶의 커다란 부분을 차지하는 인연이기에 살아있을 때의 많은 순간은 가슴으로 남아있을 수밖에 없다. 그러한 인연도 언제는 끝나기 마련이다. 그 질긴 인연의 끈이 끊어지는 날 우리는 새삼 그 사람의 존재를 마음 깊이 느낄 수밖에 없다. 죽음 앞에서 우리의 그 아픈 상처 그리고 조금은 아름다웠던 추억과 작별을 하지 않을 수 없다.

"어머니, 아버지, 그리고 미쳐버린 둘째 형님까지 가세하여 집안에 바람 잘 날이 없던 그 시절, 철없던 내가 무심히 흘려넘겼던 어머니의 그 저주에 찬 말들은 곧 어머니가 이 고통스러운 현실을 부정하고 내세를 간절히 그리워하고 있었다는 증거가 아니었을까? 어머니의 와병 초기에 집안에 재산이 좀 남아 있던 시절, 사흘들이로 무당을 불러 푸닥거리를 하던 일들, 그러다 어느 날은 별안간 아버지가 들이닥쳐 무당을 내쫓고 굿판을 둘러엎으며 난리를 치던 일들, 벽장에 향불 피워 삼신할매를 모시던 토속 신앙에서 기독교로 개종하여 그 곡조 없는 찬송가며 할렐루야를 군입거리 삼아 입에 달고 다니던 어머니. 오죽 몸이 아프고 답답했으면 이 종교에서 저 종교로, 아무 종교나 맞닥뜨리는 대로 발목을 붙들고 늘어졌을까. 이옥고는 불교, 유고, 기독교를 두루두루

합친 어정쩡한 짬뽕 신앙을 붙안고 저 세상으로 가버린 뒤, 어머니의 무주고혼은 지금 어느 종교의 하늘 밑을 노닐고 있을까?”

가만히 생각해보면 이생에서 함께 하는 시간은 그리 길지 않다. 같이 보내는 그 시간들이 아무리 힘들고 어려워도 지나고 나서 보면 찰나에 불과하다. 서로에게 수많은 상호작용을 하며 살아가지만 이생을 마무리하면 보고 싶어도 볼 수 없는 영원한 작별만이 기다릴 뿐이다. 아무리 소원을 한다고 하더라도 다시는 만나지도 이야기할 수도 없다. 인연이 질긴 이유는 이러한 이유 때문이 아닐까?

4. 그는 또 다른 내가 아니다

나와 그를 분별하는 이상 괴로움은 존재할 수밖에 없다. 그는 나와 같은 생각을 하지 않는다. 잠시는 그것이 문제가 되지 않을 수 있지만, 시간이 지나면 그와 나의 생각이 다르기에 부딪힘이 있을 수밖에 없고 그로 인해 괴로움은 커지기 시작한다.

대부분의 경우 우리들은 자기중심적이기에 그는 내가 생각하는 대로 따라주기를 바랄 뿐이다. 그는 내가 생각하는 대로 하지 않는 경우가 훨씬 더 많기에 그로 인해 마음이 힘들어질 수밖에 없다. 나는 그가 이렇게 했으면 좋겠는데 그는 저렇게 하고, 저렇게 했으면 좋겠는데 그는 이렇게 하곤 한다.

내 생각으로는 이것이 옳기에 이렇게 하는 것이 나은데도 불구하고 그는 이렇게 하지 않는다. 저렇게 하는 것이 좋지 않은데도 불구하고 그는 저렇게 한다. 그렇게 하지 말라고 해도 그는 자신의 생각대로 그렇게 한다.

그가 하는 것을 나의 입장으로 생각하면 옳은 것이 하나도 없다. 왜냐하면 내가 절대 변하지 않는 기준이 되기 때문이다. 어느 종교를 가지고 있는 사람은 다른 사람이 가진 종교를 받아들이지 못한다. 왜냐하면 자신의 종교가 기준이 되기 때문이다. 자신의 가치관과 다른 사람은 자신이 볼 때 결코 옳은 사고방식을 가지고 있다고 생각하지 않는다. 자신의 가치관이 기준이 되기 때문이다.

그가 이랬으면 좋겠다고 생각하는 것 자체가 문제가 될 수 있다. 자신의 기준으로 이미 결정되어 버린 세계에 그는 존재할 수가 없기 때문이다.

나는 그를 이해하려고 해도 이해하지 못한다. 그를 완전히 이해한다는 말은 거짓말일 뿐이다. 그의 일부를 이해하는 것을 가지고 그를 이해하고 있다고 스스로 착각하는 것에 불과하다.

그가 잘못이라는 생각이 든다면 그 생각을 하는 내가 더 큰 잘못을 저지르고 있는지도 모른다. 그의 잘못의 기준이 무엇일까? 그는 일부러 내가 생각하는 잘못을 저지르고 있는 것일까? 내가 생각하는 그의 잘못이 그 자신으로서는 최선이라고 생각하여 하는 경우라면 그것을 어떻게 받아들일 수 있는가? 그의 잘못이 보인다면 나는 그의 이상으로 잘못의 울타리를 벗어나지 못하고 있다는 뜻이다. 왜냐하면 나는 그만큼 그를 전혀 받아들이지 못하는 좁은 세계에 사는 우물 안 개구리이기 때문이다. 그의 잘못만 볼 뿐 나의 잘못을 보지 못하기에 그의 잘못에 집착하고 있는 것일 수 있다.

그에게 문제가 있다고 생각한다면 이 또한 나의 편협한 세계를 증명하는 것밖에 되지 않는다. 나의 세계에 비추어 봤을 때는 그가 문제가 없을 수 없기 때문이다. 그의 문제가 보이고 그의 문제를 비난하고 그의 문제를 가지고 그를 배격한다면 나 자신의 지극히 좁은 세계관을 부끄러워해야 한다.

그는 내가 아니다. 그 나름대로의 세계가 있기에 그는 그러한 선택을 하고 그러한 행동을 하는 것이다. 일부러 나쁜 사람이 되기 위해 노력하는 것이 아닌 이상 그는 그 상황에서 자신의 길을 가고 있는 것일 뿐이다. 문제는 그것을 이해하지 못하는 나의 편협한 세계와 가치관에 있을 뿐이다.

그가 문제가 아니라 내가 문제라는 사실을 인식해야 한다. 나 자신이 옳고 내 생각이 기준이고 나의 판단이 합리적이라는 생각을 하는 이상 자신의 문제는 보이지 않는다. 주위에서 아무리 이야기해주어도 보이지 않는 것이 볼 수가 없다. 어쩌면 나는 눈뜬 시각 장애인인지도 모른다.

그에게서 나를 찾으려 하지 말아야 한다. 그는 그대로 나는 나대로 있는 그대로 그 존재로서 인정해야만 한다. 그와 나를 분별하지 않는 하나의 세계 속에 존재하는 존재자로 인식할 때 비로소 그와의 상호작용에서 생기는 괴로움으로부터 자유로울 수 있지 않을까 싶다. 그는 또 다른 내가 아니기에 그 이상을 바란다는 것은 욕심일 뿐이다.

5. 부분적으로는 옳지만, 전체적으로는 아니다

양자역학의 선구자였던 닐스 보어는 1927년 상보성 원리를 발표합니다. 이것은 행렬역학과 파동역학에서 발견된 새로운 계산 형식을 인식론적으로 어떻게 해석되어야 하는가에 대한 열띤 토론을 한 결과 제안되었습니다. 보어는 평상시에 다른 사람들과 토론하는 것을 즐겼습니다. 그는 어릴 때부터 코펜하겐대학의 생리학 교수였던 아버지와 그 친구들이 토론하는 것을 보았고 토론에서 많은 것을 배울 수 있다는 사실을 알고 있었습니다.

상보성 원리에 따르면 파동 또는 입자라는 전혀 다른 배타적인 모델로 원자의 세계를 측정할 수 있지만, 원자 차원의 현상을 완전히 기술해 내기 위해서는 두 모델 모두가 반드시 필요합니다. 즉, 모든 물리적 현상에는 양면성이 있으며 각자 다른 입장에서 관찰한 결과는 부분적으로 옳지만, 전체적으로는 그렇지 않다는 것입니다. 보어는 상보성 원리를 "서로 배타적인 것은 상보적이다."라고 말합니다.

보어는 상보성 원리를 물리학뿐만 아니라 다른 과학 분야와 사상 전반에도 적용되는 원리로 이해하였습니다. 그는 생명현상을 설명하는 두 방식인 물리적 분석 방법과 기능적 분석 방법이 서로 정반대의 입장으로 이해되고 있지만, 사실은 상보적으로 이해되어야 한다고 생각하였습니다. 게다가 그는 인류 사회를 발전시키기 위해서는 유전적 측면뿐만 아니라 역사적 전통도 중요하게 고려되어야 하며, 이 두 가지가 상보적인 것이라고 하였습니다. 이러한 근거에서 그는 당시 독일에서 맹위를 떨치고 있었던 인종차별에 대해 반대하는 입장을 취했습니다. 상보성 원리는 불확정성 원리와 더불어 양자역학의 확률적 특징을 잘 표현한 것입니다. 이로써 이 두 가지 원리가 양자역학에서 가장 핵심적인 원리로 자리매김합니다.

상보성 원리를 쉽게 이해하기 위해 원자물리학의 예를 들어보도록 하겠습니다. 전자는 원자핵을 중심으로 운동을 합니다. 전자의 운동과 그 특성에 대해 알고자 할 때 어떠한 경우 전자를 입자로 취급하면 옳은 결과를 얻습니다. 즉 이 경우 전자의 입자성은 부분적으로는 맞습니다. 하지만 전자의 다른 경우를 파악할 때 전자의 입자성만으로는 옳지 않습니다. 즉 전자의 입자성만으로는 부분적으로는 옳지만, 전체적으로는 옳지 않은 것입니다. 따라서 전자의 입자성만으로는 충분하지 않기에 전자의 파동성이 상보적으로 필요한 것입니다.

하이젠베르크가 쓴 자전적 저서는 "부분과 전체"입니다. 그가 왜 그렇게 책의 제목을 지었는지 어느 정도 알 수 있을 것 같습니다. 그가 선택한 삶의 과정에서 옳다고 생각하여 결정한 것이 부분적으로는 옳았지만, 전체적으로는 그렇지 않았던 경우도 있었을 것입니다. 2차 세계대전 당시, 히틀러에게 협력한 것이 대표적이라 할 것입니다. 당시에는 애국심으로 인해 나치 권력에 협조하는 것이 옳다고 생각하여 독일의 핵폭탄 개발 계획에 참여했지만, 전쟁이 끝나 전범으로 체포되어 런던으로 압송되어 보니 그 때의 선택이 전적으로 옳지는 않았다고 생각했을지도 모릅니다.

우리의 삶도 마찬가지일 것입니다. 부분적으로는 옳지만, 전제적으로는 옳지 않은 경우가 많습니다. 나름대로 옳다고 생각하여 말하고 행동하고 다른 사람과 관계를 이어가지만, 그것은 부분적으로만 옳을 수 있고 전체적으로는 옳지 않을 수도 있습니다. 이를 위해 상보성 원리가 필요합니다.

자신은 가족이나 친구, 동료들을 위해 옳다고 생각하여 무언가를 했는데 나중에 보니 그것이 옳지 않은 경우도 있습니다. 나의 부족함을 채울 수 있는 상보적인 무언가가 존재한다는 것을 마음속에 새기고 있다면 더 나은 선택과 결정을 할 수 있을 것입니다.

내가 생각하는 것은 부분적으로 옳을 뿐, 아직 전체적으로는 어떻게 될지 알 수 없다는 생각을 하고 있다면 더 나은 일상이 가능할 수도 있을 것입니다. 상보성 원리의 위대함이 여기에 있다는 생각이 듭니다. 나의 부족함을 채우기 위해 나는 어떠한 것을 더 알아야 하고 더 노력해야 할지 깊이 생각해 볼 필요가 있는 것입니다.

6. 알지 못한 채 판단을 하고

양자역학에서 가장 중요한 이론 중의 하나는 베르너 하이젠베르크의 불확정성 원리입니다. 31살의 젊은 나이로 노벨 물리학상을 받았던 천재적인 물리학자 하이젠베르크는 어떻게 불확정성 원리를 발견했을까요?

하이젠베르크는 1927년 어느 날 밤 갑자기 아인슈타인과 나눈 대화 가운데서 아인슈타인이 언급한 "이론이 비로소 사람들이 무엇을 볼 수 있는가를 결정한다."라는 말을 기억해 냅니다. 하이젠베르크는 아인슈타인의 이 표현을 숙고하기 위해 공원으로 심야 산책을 나갔습니다. 그리고 그는 산책하는 동안 안개상자 안에서 전자의 궤도를 볼 수 있다고 너무 경솔하게 말해 온 것을 깨닫게 됩니다. 그는 사람들이 실제로 관찰한 것은 훨씬 적은 것일지도 모르는 일이며, 부정확하게 결정된 전자 위치의 불연속적인 결과만을 인지한 것인지도 모른다고 생각합니다. 그리고 그는 현대물리학에서 가장 중요한 "불확정성 원리"를 알아내게 됩니다.

불확정성 원리는 물질이 파동이자 입자라는 이중성에서 온 것으로서 어떤 물질을 관찰하는 동안에 그 물질의 특성이 불가피하게 변한다는 사실을 전제로 삼고 있습니다. 만일 전자의 위치를 측정하는 경우에는 극히 짧은 파장의 방사선을 사용해야 하지만 그것이 높은 에너지를 가지고 있기 때문에 전자의 운동량을 변화시키게 됩니다. 마찬가지로 전자의 운동량을 측정하는 경우에는 낮은 에너지의 방사선을 사용해야 하는데 방사선의 파장이 크기 때문에 전자의 위치가 확정되지 않는다는 것입니다. 불확정성 원리는 보어가 제창한 상보성 원리와 함께 양자역학에 대한 표준적인 해석으로 자리 잡게 되었습니다.

이는 측정에 있어서 가장 정밀한 분야 중의 하나인 원자물리학에서조차 입자의 위치나 운동량, 에너지나 시간을 정확히 안다는 것은 불가능하다는 것입니다. 물론 어느 정도의 오차 내에서 그것을 알아낼 수는 있지만, 본질적으로 정확한 값을 안다는 것은 불가능하다는 뜻입니다.

우리가 살아가는 삶도 마찬가지라는 생각이 듭니다. 흔히 우리는 우리 주위에 있는 사람에 대해 나름대로 잘 안다고 인식하고 있습니다. 정말 그럴까요? 내가 아는 그 누구에 대해 나는 정말 잘 알고 있는 것일까요?

절대 그렇지 않습니다. 만약 당신이 누구에 대해 잘 알고 있다고 생각을 하고 있다면 그것은 착각에 불과합니다. 그 누구도 어떤 사람에 대해 정확히 안다는 것은 불가능합니다. 아무리 오래 같이 산 부부라고 하더라도, 자신이 낳아 기른 자식이라 할지라도, 수십 년 나를 키워준 부모라고 할지라도, 어릴 때부터 오래도록 우정을 나눈 가까운 친구라 할지라도, 우리는 그 사람에 대해 어느 정도만 알 뿐 정확히 알 수는 없습니다.

문제는 자신이 알고 있는 것으로 그 사람에 대해 다 안다고 생각한 후 판단을 하고 결정을 한다는 데 있습니다. 그 부족한 나의 지식으로 판단을 하였으니 그 결정에 문제가 있을 수밖에 없을 것입니다. 나중에 시간이 지나고 나서 자신의 부족한 앎과 그 잘못된 결정에 대해 후회를 하지만 지나간 시간이 다시 돌아오지는 않을 것입니다.

이렇듯 우리의 삶에도 불확정성 원리가 엄연히 적용될 수 있습니다. 아무리 나하고 가까운 사람이라도, 오래도록 친하게 지냈던 사람이라고 하더라도 나는 그 사람에 대해 확실히 알 수 있는 것에는 한계가 있을 뿐입니다. 그 부족한 앎을 모두 아는 것이라 생각하여 그 사람에 대해 이야기하고 판단하는 것은 오로지 자신의 잘못일 뿐입니다. 내가 모르는 것이 내가 아는 것보다 훨씬 많을 수 있습니다. 그 모르는 것이 어느 정도인지조차 알 수가 없습니다.

내가 아는 것을 전부라 생각하여 모르는 것에 대해 관심을 기울이지 않거나, 더 이상 알려고도 하지 않는다면 나는 아주 작은 세계에서만 살 수밖에 없고, 더 커다란 세계가 어떤 모습인지조차 모르고 말 것입니다. 그 좁은 세계가 나의 감옥이 되고 결국 그 감옥에 갇힌 채 살아가야 할지도 모릅니다.

알지도 못한 채 판단을 하는 그러한 우를 범하지 않아야 않기 위해서는 삶이 불확실한 것뿐만 아니라 내가 알고 있는 것 자체가 불확정한 것이라는 사실을 깊이 이해해야 하지 않을까 싶습니다.

7. 나에게 이르는 길

나의 나됨은 진정한 나에게 이르기 위한 길이 아닐까? 하지만 지금의 나는 나에 대해 얼마나 알고 있고, 진정한 나에게 이르기 위한 제대로 된 길을 가고 있는 것일까? 시간이 다 돼서 더 이상 갈 수 없을 때 최종적으로 내가 도착한 그곳은 어디쯤일까? 그나마 만족할 수 있는 최소한 위안이 될 정도의 장소에 도착한 후 나의 길을 마무리할 수는 있는 것일까?

부지런히 가고는 있는지, 지금 내가 가는 길의 방향이 제대로 된 것인지 가끔은 되돌아보며 생각해 볼 일이다. 잘못 길을 들었다면 이제까지 걸어온 길에 대해 미련 없이 잊어버리고 다시 제대로 된 길을 찾아야만 한다.

얼마나 많이 가느냐가 중요하지는 않다. 제대로 된 길을 가느냐가 중요하다. 나 자신이 걸어가면서 후회하지 않을 그런 길을 가야만 한다. 가는 도중에 나 자신을 발견하고 그 과정 자체가 즐거워야 한다. 가면 갈수록 온전한 나 자신을 완성할 수 있는 그러한 길이어야 한다. 갈수록 내가 파괴되고 무너져내리는 길이라면 다시 길을 찾아야 한다. 나이에 상관없이 모든 것에 상관없이 그러한 결정을 내리는 것이 진정한 나됨에 조금이라도 도움이 될 것이다.

"모든 사람의 삶은 제각기 자기 자신에게로 이르는 길이다. 자기 자신에게로 가는 길의 시도이며 좁은 오솔길을 가리켜 보여준다. 그 누구도 온전히 자기 자신이 되어본 적이 없건만, 누구나 자기 자신이 되려고 애쓴다. 어떤 이들은 결코 인간이 되지 못하고, 개구리나 도마뱀이나 개미로 남아있다. 어떤 이들은 상체는 인간인데 하체는 물고기다. 하지만 누구나 인간이 되라고 던진 자연의 내던짐이다. 그리고 모든 사람의 기원, 그 어머니들은 동일하다. 우리는 모두 같은 심연에서 나왔다. 하지만 깊은 심연에서 밖으로 내던져진 하나의 시도인 인간은 누구나 자신만의 목적지를 향해 나아간다. 우리는 서로를 이해할 수는 있지만, 누구나 오직 자기 자신만을 해석할 수 있을 뿐이다. (데미안, 헤세)"

좁은 오솔길을 걷다가 넓은 길로 가보기도 한다. 어떤 길이 맞을지 모르기에 한 번도 가본 적이 없었기에 그렇다. 삶이란 한 번도 가보지 못한 길을 가는 것의 연속이다. 모든 길을 다 가보고 그러한 경험을 바탕으로 삶을 걸어가는 사람은 아무도 없다. 그렇기에 삶은 무겁고 어렵고 힘들 수밖에 없다. 하지만 그렇기에 삶은 재미있고 도전할 수 있으며 새로운 것들로 가득하다.

온전한 나 자신에 이르기 위한 지름길은 존재하지 않는다. 주위에 있는 사람이 가르쳐 주지도 않는다. 각자의 길은 각자의 책임일 뿐이다. 자신의 진정한 길을 찾기 위해 애써야 하는 이유가 여기에 있다. 그 길을 찾은 것만으로는 부족하다. 끝없이 가며 돌아보고 다시 선택하며 걸어가고 다시 돌아보며 그러한 무한한 반복이 온전한 나 자신에게 이르는 길일 뿐이다. 힘들어할 필요가 없다. 가다가 지치면 그늘에 잠깐 쉬어 가면 될 뿐이다. 오늘도 나는 진정한 나 자신에 이르기 위한 길을 가고 있었던 것일까?

8. 출사표(出師表)

“할 일은 많은데 왜 이렇게 이상은 높고 왜 이렇게 촌음은 짧은가. 일은 사람이 꾀하지만 그것을 이루는 건 하늘이다. 하늘이 천명이 날 봐주지 않는구나”

유비의 책사였던 제갈량은 천하를 통일하려던 자신의 뜻을 이루지 못하는 것에 대해 탄식한다. 그가 통일 대업을 이루기 위해 전장에 나가기 전 쓴 글이 바로 출사표이다.

臣亮言
신량언

先帝創業未半 而中道崩殂 今天下三分 益州疲弊 此誠危急存亡之秋也.
선제창업미반 이중도붕조 금천하삼분 익주피폐 차성위급존망지추야.
然侍衛之臣 不懈於內 忠志之士 忘身於外者 蓋追先帝之殊遇 欲報之於陛下也.
연시위지신 불해어내 충지지사 망신어외자 개추선제지수우 욕보

지어폐하야.

誠宜開張聖聽 以光先帝遺德 恢弘志士之氣 不宜妄自菲薄 引喻失義 以塞忠諫之路也.

성의개장성청 이광선제유덕 회홍지사지기 불의망자비박 인유실의 이색충간지로야.

宮中府中 俱爲一體 陟罰臧否 不宜異同.

궁중부중 구위일체 척벌장비 불의이동.

若有作姦犯科及爲忠善者 宜付有司 論其刑賞 以昭陛下平明之理 不宜偏私 使內外異法也.

약유작간범과급위충선자 의부유사 논기형상 이소폐하평명지리 불의편사 사내외이법야.

侍中侍郎 郭攸之費禕董允等 此皆良實 志慮忠純 是以先帝簡拔 以遺陛下.

시중시랑 곽유지비위동윤등 차개량실 지려충순 시이선제간발 이유폐하.

愚以爲宮中之事 事無大小 悉以咨之 然後施行 必能裨補闕漏 有所廣益.

우이위궁중지사 사무대소 실이자지 연후시행 필능비보궐루 유소광익.

將軍向寵 性行淑均 曉暢軍事 試用於昔日 先帝稱之日能 是以衆議擧寵爲督.

장군상총 성행숙균 효창군사 시용어석일 선제칭지왈능 시이중의거총위독.

愚以爲營中之事 事無大小 悉以咨之 必能使行陣和睦 優劣得所也.

우이위영중지사 사무대소 실이자지 필능사행진화목 우열득소야.

親賢臣 遠小人 此先漢所以興隆也.

친현신 원소인 차선한소이흥륭야.

親小人 遠賢臣 此後漢所以傾頹也.

친소인 원현신 차후한소이경퇴야.

先帝在時 每與臣論此事 未嘗不歎息痛恨於桓靈也.

선제재시 매여신론차사 미상불탄식통한어환영야.

侍中尙書長史參軍 此悉貞良死節之臣 願陛下親之信之 則漢室之隆 可計日而待也.

시중상서장사참군 차실정량사절지신 원폐하친지신지 즉한실지륭 가계일이대야.

臣本布衣 躬耕南陽 苟全性命於亂世 不求聞達於諸侯.

신본포의 궁경남양 구전성명어난세 불구문달어제후.

先帝不以臣卑鄙 猥自枉屈 三顧臣於草廬之中 諮臣以當世之事 由是感激 遂許先帝以驅馳.

선제불이신비비 외자왕굴 삼고신어초려지중 자신이당세지사 유시감격 수허선제이구치.

後値傾覆 受任於敗軍之際 奉命於危難之間 爾來二十有一年矣.

후치경복 수임어패군지제 봉명어위난지간 이래이십유일년의.

先帝知臣謹愼 故臨崩 寄臣以大事也.

선제지신근신 고임붕 기신이대사야.

受命以來 夙夜憂歎 恐託付不效 以傷先帝之明 故五月渡瀘 深入不毛.

수명이래 숙야우려 공부탁불효 이상선제지명 고오월도로 심입불모.

今南方已定 兵甲已足 當獎率三軍 北定中原 庶竭駑鈍 攘除姦凶 興復漢室 還于舊都.

금남방이정 병갑이족 당장솔삼군 북정중원 서갈노둔 양제간흉 흥부한실 환우구도.

此臣所以報先帝 而忠陛下之職分也.

차신소이보선제 이충폐하지직분야.

至於斟酌損益 進盡忠言 則攸之禕允之任也.

지어짐작손익 진진충언 즉유지위윤지임야.

願陛下 託臣以討賊興復之效 不效則治臣之罪 以告先帝之靈.

원폐하 탁신이토적흥복지효 불효즉치신지죄 이고선제지령.

若無興德之言 則責攸之禕允等之咎 以彰其慢.

약무흥덕지언 즉책유지위윤등지구 이창기만.

陛下亦宜自謀 以諮諏善道 察納雅言 深追先帝遺詔.

폐하역의자모 이자추선도 찰납아언 심추선제유조.

臣不勝受恩感激.

신불승수은감격.

今當遠離 臨表涕零 不知所言.

금당원리 임표체읍 부지소언.
建興五年 平北大都督 丞相 武鄕侯 領益州牧 知內外事 諸葛亮
건흥오년 평북대도독 승상 무향후 영익주목 지내외사 제갈량

신 량이 삼가 아뢰옵니다.

선제(先帝)께옵서는 창업하신 뜻의 반도 이루지 못하신 채 중도에 붕어하시고, 이제 천하는 셋으로 정립되어 익주가 매우 피폐하오니, 참으로 나라의 존망이 위급한 때이옵니다. 하오나 폐하를 모시는 대소 신료들이 안에서 나태하지 아니하고 충성스런 무사들이 밖에서 목숨을 아끼지 않음은 선제께옵서 특별히 대우해주시던 황은을 잊지 않고 오로지 폐하께 보답코자 하는 마음 때문이옵니다. 폐하께서는 마땅히 그들의 충언에 귀를 크게 여시어 선제의 유덕을 빛내시오며, 충의 지사들의 의기를 드넓게 일으켜 주시옵소서. 스스로 덕이 박하고 재주가 부족하다 여기셔서 그릇된 비유를 들어 대의를 잃으시면 아니되오며, 충성스레 간하는 길을 막지 마시옵소서.

또한, 궁중과 부중이 일치단결하여 잘한 일에 상을 주고 잘못된 일에 벌을 줌에 다름이 있어서는 아니 될 것이옵니다. 만일 간악한 짓을 범하여 죄지은 자와 충량한 자가 있거든 마땅히 각 부서

에 맡겨 상벌을 의논하시어 폐하의 공평함과 명명백백한 다스림을 더욱 빛나게 하시옵고, 사사로움에 치우치셔서 안팎으로 법을 달리하는 일이 없게 하시옵소서.

시중 곽유지와 비의, 시랑 동윤 등은 모두 선량하고 진실하오며 뜻과 생각이 고르고 순박하여 선제께서 발탁하시어 폐하께 남기셨사오니, 아둔한 신이 생각하건대 궁중의 크고 작은 일은 모두 그들에게 여쭤보신 이후에 시행하시면 필히 허술한 곳을 보완하는 데 크게 이로울 것이옵니다. 장군 상총은 성품과 행실이 맑고 치우침이 없으며 군사에 밝은지라 지난 날 선제께서 상총을 시험 삼아 쓰신 뒤 유능하다 말씀하시었고, 그리하여 여러 사람의 뜻을 모아 그를 도독으로 천거했사오니, 아둔한 신의 생각으로는 군중의 대소사는 상총에게 물어 결정하시면 반드시 군사들 사이에서 화목할 것이오며, 유능한 자와 무능한 자 모두 적재적소에서 맡은 바 임무를 성실히 다할 것이옵니다.

전한 황조가 흥한 것은 현명한 신하를 가까이하고 탐관오리와 소인배를 멀리했기 때문이오며, 후한 황조가 무너진 것은 탐관오리와 소인배를 가까이하고 현명한 신하를 멀리한 때문입니다. 선제께옵서는 생전에 신들과 이런 이야기를 나누시면서 일찍이 환제, 영제 때의 일에 대해 통탄을 금치 못하셨사옵니다. 시중과 상서, 장사와 참군 등은 모두 곧고 밝은 자들로 죽기로써 국가에 대한 절개를 지킬 자들이니, 원컨대 폐하께서는 이들을 가까이 두시고 믿으시옵소서. 그리하시면 머지않아 한실은 다시 융성할 것이옵니다.

신은 본래 하찮은 포의로 남양 땅에서 논밭이나 갈면서 난세에 목숨을 붙이고자 하였을 뿐, 제후를 찾아 일신의 영달을 구할 생각은 없었사옵니다. 하오나 선제께옵서는 황공하옵게도 신을 미천하게 여기지 아니하시고 무려 세 번씩이나 몸을 낮추어 몸소 초려를 찾아오시어 신에게 당세의 일을 자문하시니, 신은 이에 감격하여 마침내 선제를 위해 몸을 아끼지 않으리라 결심하고 그 뜻을 받들었사옵니다. 그 후 한실의 국운이 기울어 싸움에 패하는 어려움 가운데 소임을 맡아 동분서주하며 위난한 상황에서 명을 받들어 일을 행해온 지 어언 스물하고도 한 해가 지났사옵니다.

선제께옵서는 신이 삼가고 신중한 것을 아시고 붕어하실 때 신에게 탁고의 대사를 맡기셨사옵니다. 신은 선제의 유지를 받은 이래 조석으로 근심하며 혹시나 그 부탁하신 바를 이루지 못하여 선제의 밝으신 뜻에 누를 끼치지 않을까 두려워하던 끝에, 지난 건흥 3년(225년) 5월에 노수를 건너 불모의 땅으로 깊이 들어갔사옵니다. 이제 남방은 평정되었고 인마와 병기와 갑옷 역시 넉넉하니, 마땅히 삼군이 북으로 나아가 중원을 평정시켜야 할 것이옵니다. 늙고 아둔하나마 있는 힘을 다해 간사하고 흉악한 무리를 제거하고 대한 황실을 다시 일으켜 옛 황도로 돌아가는 것만이 바로 선제께 보답하고 폐하께 충성드리는 신의 직분이옵니다. 손익을 헤아려 폐하께 충언 드릴 일은 이제 곽유지, 비의, 동윤 등의 몫이옵니다.

원컨대 폐하께옵서는 신에게 흉악무도한 역적을 토벌하고 한실을 부흥시킬 일을 명하시고, 만일 이루지 못하거든 신의 죄를 엄히 다스리시어 선제의 영전에 고하시옵소서. 또한 만약 덕을 흥하게 하는 말이 없으면 곽유지, 비의, 동윤의 허물을 책망하시어 그 태만함을 온 천하에 드러내시옵소서. 폐하께옵서도 마땅히 스스로 헤아리시어 옳고 바른 방도를 취하시고, 신하들의 바른 말을 잘 살펴 들으시어 선제께서 남기신 뜻을 좇으시옵소서.

신이 받은 은혜에 감격을 이기지 못하옵니다! 이제 멀리 떠나는 자리에서 표문을 올림에 눈물이 앞을 가려 무슨 말씀을 아뢰어야 할지 모르겠사옵니다.

제갈량이 뛰어났던 것은 때를 알았기 때문이다. 그는 전쟁에 나가기 전 자신은 이번 전쟁에서 살아서 돌아오지 못하리라는 것을 알고 있었다. 이제는 더 이상 자신의 힘으로 삼국을 통일하지 못한다는 것도 알고 있었다. 이러한 상황에서 그가 간절히 바라는 것은 유비와 자신이 없는 세상에 남겨진 임금이 커다란 어려움

없이 국가를 운영해나가는 것이었다.

그렇기에 그가 전쟁을 나가기 전 임금에게 자신이 없는 상황에서 어떠한 선택들을 해나가야 할지 걱정되는 마음으로 부탁하지 않을 수 없었을 것이다.

9. 후출사표(後出師表)

제갈공명은 유비를 도와 오와 연합하여 적벽에서 조조의 위를 격파함으로써 유비가 강남과 형주를 점령하여 촉나라를 세우는 데 있어 가장 큰 공을 세운다. 유비는 북방을 수복하는 그의 꿈을 이루지 못한 채 공명에게 이를 이루라는 유언을 남기고 사망한다.

유비의 사후 공명은 어린 군주를 도와 오나라와 화친하며 우선 남방의 여러 나라를 토벌한다. 그 후 북방으로 세력을 넓히기 위해 227년 북벌을 시작한다.

이 글은 자신을 알아주어 삼고초려 (三顧草廬)까지 한 유비의 진심에 마음 깊이까지 감복하여 평생 주군이었던 유비에게 자신의 마음을 다하는 공명의 마음이 그대로 나타나 있다.

先帝慮 漢賊不兩立 王業不偏安 故託臣以討賊也

선제려 한적불양립 왕업불편안 고탁신이토적야

以先帝之明 量臣之才 固知臣伐賊 才弱敵强也 然不伐賊 王業亦亡

惟坐而待亡 孰與伐之 是以託臣而弗疑也

이선제지명 양신지재 고지신벌적 재약적강야 연불벌적 왕업역망 유좌이대망 집여벌지 시이탁신이불의야

臣受命之日 寢不安席 食不甘味 思惟北征 宜先入南 故五月渡瀘 深入不毛 并日而食 臣非不自惜也

신수명지일 침불안석 식불감미 사유북벌 의선입남 고오월도로 심입불모 병일이식 신비부자석야

顧王業不可偏安於蜀都 故冒危難以奉先帝之遺意 而議者謂爲非計 今賊適疲於西 又務於東 兵法乘勞 此進趨之時也 謹陳其事如左

고왕업불가편안어촉도 고모위난이봉선제지유의 이의자위위비계 금적적피어서 우무어동 병법잉로 차진추지시야 근진기사여좌

高帝明并日月 謀臣淵深 然涉險被創 危然後安 今陛下未及高帝 謀臣不如良平 而欲以長策取勝 坐定天下 此臣之未解一也

고제명병일월 모신연심 연섭험피창 위연후안 금폐하미급고제 모신불여량평 이욕이장책취승 좌정천하 차신지미해일야

劉繇王朗各據州 論安言計 動引聖人 群疑滿腹 衆難塞胸 今歲不戰 明年不征 使孫策坐大 遂并江東此臣之未解二也

유요왕랑각거주 논안언계 동인성인 군의만복 중난새흉 금세부전 명년부정 사손책좌대 수병강동차신지미해이야

曹操智計 殊絕於人 其用兵也 彷彿孫吳 然困於南陽 險於烏巢 危於祁連 逼於黎陽 幾敗北山 殆死潼關 然後僞定一時耳

조조지계 수절어인 기용병야 방불손오 연인어남양 험어오소 위어기련 핍어여양 기패북산 태사동관 연후위정일시이

況臣才弱 而欲以不危而定之 此臣之未解三也

황신재약 이욕이불위이정지 차신지미해삼야

曹操五攻昌覇不下 四越巢湖不成 任用李服 而李服圖之 委任夏侯 而夏侯敗亡 先帝每稱操爲能 猶有此失 況臣駑下 何能必勝 此臣之未解四也

조조오공창패불하 사월소호불성 임용이복 이이복도지 위임하후 이하후패망 선제매칭조위능 유유차실 황신노하 하능필승 차신지미해사야

自臣到漢中 中間期年耳 然喪趙雲 陽群 馬玉 閻芝 丁立 白壽 劉合 鄧銅等 及曲長屯將七十餘人 突將 無前 賨 靑羌 散騎 武騎一千餘人

자신도한중 중간기년이 연상조운 양군 마옥 염지 정립 백수 유합 등동등 급곡장둔장칠십여인 돌장 무전 빈 청강 산기 무기일천여인

此皆數十年之內 所糾合四方之精銳 非一州之所有 若復數年 則損三分之二也 當何以圖敵此臣之未解五也

차석수십년지내 소규합사방지정예 비일주지소유 약복수년 즉손삼분지이야 당하이도적차신지미해오야

今民窮兵疲 而事不可息 事不可息 則住與行 勞費正等 而不及早圖之 欲以一州之地 與賊持久 此臣之未解六也

금민궁병피 이사불가식 사불가식 즉왕여행 노비정등 이불급조도지 욕이일주지지 여적지구 차신지미해륙야

難平者 事也 昔先帝敗軍於楚 當此之時 曹操拊手 謂天下已定 然後先帝東連吳越 西取巴蜀 擧兵北征 夏侯授首
난평자 사야 석선제패군어초 당어지사 조조부수 위천하이정 연후선제동련오월 서취파촉 거병북정 하후수수
此操之失計 而漢事將成也 然後吳更違盟 關羽毁敗 秭歸蹉跌 曹丕稱帝 凡事如是 難可逆見
차조지실계 이한사장성야 연후오갱위맹 관우훼패 자귀차질 조비칭제 범사여시 난가역견
臣鞠躬盡力 死而後已 至於成敗利鈍 非臣之明所能逆竟睹也.
신국궁진력 사이후이 지어성패리둔 비신지명소능역경도야.

선제께옵서는 "한나라와 역적은 서로 양립할 수 없으며, 황업(皇業)은 천하의 한 귀퉁이로만 안주할 수 없다" 하시어 신에게 역적의 토벌을 당부하셨나이다. 선제께서 그 밝으심으로 신의 재주를 헤아리시니 역적을 벌함에 신의 재주가 얕고 역적은 강함을 아셨사옵니다. 그러나 역적을 치지 아니한다면 황업 또한 망할 터이니, 앉아서 망하기만을 기다린다면 누구와 더불어 역적을 징벌하오리까. 이 때문에 신에게 탁고하시고 의심하지 않으신 것이옵니다.

신은 선제의 명을 받은 이래 잠을 자도 잠자리가 편하지 않았으며 음식을 먹어도 맛을 느끼지 못했사옵니다. 북쪽을 칠 생각을

하니 우선 남방부터 평정하지 않을 수 없기에 지난 건흥 3년(225년) 5월 노수를 건너 불모의 땅 깊숙이 들어가 하루의 양식으로 이틀을 먹는 고생을 한 것은 신이 몸을 아끼지 않음이 아니라, 황업을 생각하오니 촉 땅에서 편안히 지내서는 천하를 통일할 수 없어 위험과 고난을 무릅쓰고 선제의 유지를 받든 것이옵니다. 그런데 따지기 좋아하는 무리들은 이것이 올바른 계책이 아니라고 하나이다. 이제 역적은 마침내 서쪽에서 고달파지고, 다시 동쪽에서 오나라의 군사들과 싸워 지쳐 있사옵니다. 병법에 이르기를 적이 피로할 때를 타 공격하라 하였으니, 지금이 바로 과감하게 나아갈 때라 사료되옵니다. 이에 신은 삼가 몇 가지를 아뢰옵나이다.

옛날에 고제께옵서는 밝으심이 해와 달과 같고 신하들의 재주가 연못처럼 깊었으나 험난한 일을 당하고 상처를 입으며 위태로움을 겪으신 뒤에야 비로소 평안해지셨사옵니다. 이제 폐하께옵서는 고제에 미치지 못하시고 신료들 또한 감히 장량과 진평같은 자가 없는데도, 힘을 들이지 아니하고 좋은 계책으로만 승리하여 가만히 앉아 천하를 평정하고자 하니 이는 신이 이해할수 없는 첫 번째 일이옵니다.

또한 유요와 왕랑은 각각 주와 군을 다스리며 안위와 계책을 말하면 입만 열면 성인을 운운하고 벗속에는 의심이 가득하여 여러 어려움 앞에서는 겁내고 두려워 하였사옵니다. 그리하여 올해도 싸우지 않고 다음해에도 싸우지 아니하다가 마침내 손책이 앉아서 강동을 차지하였으니 이는 신이 이해할 수 없는 두 번째 일이옵니다.

조조는 지모와 계책이 남달리 뛰어나 그 용병술은 손자와 오자를 닮았으나 남양에서 어려움에 처하고 오소에서 험한 일을 겪고 기련에서 위태로움에 처했으며 여양에서 핍박을 당하고 북산에서 거의 패배하고 동관에서는 죽을 뻔한 뒤에야 비로소 한때나마 거짓으로 천하를 평정했는데, 재주도 미약한 신하들이 어찌 위태로움을 겪지 아니하고 천하를 평정하려 하니 이는 신이 이해할 수 없는 세 번째 일이옵니다.

조조는 다섯 번이나 창패(昌覇)를 치고도 항복을 받아내지 못하였고 네 번이나 소호를 건넜으나 성공하지 못하였고, 이복(李復)을 등용하였으나 오히려 배반당하고 하후연에게 일을 맡겼으나 하후연이 패망하였사옵니다. 선제께서 항상 뛰어난 인물이라고 칭찬하신 조조조차 이렇게 실패하곤 하였는데, 하물며 신 같이 아둔한 사람이 어찌 쉽게 이기기만을 바라겠나이까. 이는 신이 이해할 수 없는 네 번째 일이옵니다.

신이 한중에 온 지 이제 1년 남짓 되었는데, 그 동안 조운, 양군,

마옥, 염지, 정립, 백수, 유합, 등동 등 70여 명의 곡장과 둔장을 잃어 선봉장으로 앞장설 사람이 없사오며 종수, 청강, 산기, 무기 등 1천여 명을 잃었사오니 이는 모두 수십 년 동안 사방에서 모아온 정예병이지 익주 한 주에서 나온 사람들이 아니옵니다. 만약 또 다시 몇 해를 보내면 셋 중 둘을 잃게 될 터이니 그때는 무엇으로 역적을 도모하겠사옵니까. 이는 신이 이해하지 못하는 다섯 번째 일이옵니다.

바야흐로 백성은 궁핍하고 군사들은 지쳐 있사오나 대사를 그만둘 수는 없사옵니다. 그만둘 수 없다면 지키고 있는 것이나 나아가서 싸우는 것이나 그 노고와 비용은 같은데도, 속히 도모하지 아니하고 오직 한 주에만 머물러 역적과 더불어 오랫동안 대치하고 있사오니 이는 신이 이해하지 못하는 여섯 번째 일이옵니다.

무릇 단정하기 어려운 것이나 천하의 일인지라, 옛날 선제께옵서 초 땅에서 패하셨을 때 조조는 손뼉을 치며 천하는 평정되었다고 좋아했사옵니다. 그러나 나중에 선제께옵서는 동쪽의 오월과 손을 잡으시고, 서쪽으로는 파촉을 취하고 군사를 일으켜 북쪽을 쳐서 하후연의 목을 베셨사옵니다. 이는 바로 조조의 실수로 한나라의 대업이 이루어지려 하였사오나 동오가 맹약을 어겨 관우를 죽이고 선제께옵서는 자귀에서 패하시오니 조비가 황제를 참칭했사옵니다. 이렇듯 일은 미리 헤아리기가 어렵사옵니다.

이제 신은 엎드려 몸을 바치고 정성을 다하여 나라를 위해 죽을 때까지 일할 뿐이오니, 일의 성패와 이해에 대하여서는 신이 미리 예측할 수가 없는 것이옵니다.

공명은 사마의의 위군과 전쟁중 사망하지만 중국 역사상 가장 위대한 지략가이면서 지성충의(至誠忠義)의 표본으로 추앙받는다.

사람은 일생을 살아가면서 많은 사람을 만나지만 자신을 진심으로 알아주는 사람을 만나는 것은 그리 쉽지 않다. 자신을 알아준다는 것은 자신의 존재 가치를 인정해 주는 것이기에 어쩌면 삶 전체에 있어 가장 의미 있는 사람과의 조우라 할 수 있다.

자신의 살아있음을 느끼게 해주는 사람만큼 고마운 일은 아마 별로 없을 것이다. 그러기에 마음 깊이 감사하고 자신도 그를 위해 가지고 있는 모든 것을 바칠수 있게 된다. 자신을 알아주는 사람을 만나고 그를 위해 최선을 다하는 것만큼 아름다운 것은 없는 것 같다.

나를 진심으로 알아주는 사람은 누구일까? 나는 그런 사람을 만났을까? 아니면 앞으로 만날 수 있을까? 나는 그를 위해 무엇을 할 수 있을까? 나를 알아주는 사람을 만나고 싶어지는 이유는 무엇일까?

10. 나보다 그들을 위해

우리가 사는 세상의 기준은 자기 자신일 경우가 대부분이다. 다른 사람을 자신의 입장과 견해에서 이해하고 판단한다. 우리 주위의 사회나 환경 또한 나의 견해에서 바라볼 뿐이다. 그 왜곡되어 이해되는 것을 진리라고 결론내어 버린다. 그로 인한 세상은 겨우 자신의 울타리를 벗어나지 못하고 만다.

전상국의 〈겨울의 출구〉는 자신보다는 다른 이들을 생각하고 더 커다란 세계를 바라볼 수 있기 위해 어떠한 삶의 태도를 가져야 할지에 대한 이야기이다.

"나는 수경 엄마가 내미는 찬합을 받아들고 부리나케 언덕길을 내려가기 시작했다. 며칠 전 형이 돌아오고부터 이 언덕길을 오르내리는 발걸음이 한결 거뿐했다. 아버지나 어머니도 형이 집으로 돌아온 뒤 한결 밝은 얼굴 표정을 보였다. 그처럼 형은 우리 식구들의 절실한 현실이었던 것이다. 그날 형은 병원에 들어와 온몸이 가제로 덮인 뒤 그 위에 홑이불까지 씌워진 누나를 내려다보며 꼭 얼빠진 사람처럼 멍청히 서 있기만 했다. '지혜야 오빠가 왔구나.' 어머니가 울먹임을 애써 죽이며 말했다. 그리고 홑이불 한 귀퉁이를 쳐들었다. 거기 누나의 손이 있었다. 그것은 기적이었다. 누나의 몸가운데 화상을 전혀 입지 않은 부분은 바로 그 통통하고 예쁜 손뿐이었던 것이다."

누나는 아버지를 위해 그리고 가족을 위해 스스로 고등학교를 포기해 버렸다. 자신의 인생보다는 가족의 행복을 더 큰 세계로서 받아들였다. 누나에게는 스스로를 희생하여 더 나은 삶을 볼 수 있는 눈이 있었다.

"나는 그들 곁에 서서 피식 웃음이 나왔다. 누나로 하여금 연출되는 이 멜로드라마의 한 토막 감격 속에서 나 또한 멋진 대사 한 구절을 껴 넣고 싶었기 때문이다. '겨울이 간다. 누나야, 네가 이 긴 겨울이 가고 있구나.'"

아버지를 이해하려고 했던 누나, 사회를 좀 더 따뜻한 시선으로 바로 보았던 누나, 자신보다는 다른 사람을 더 많이 생각하는 누나의 선택이 더 밝고 환한 세상을 만들 수 있었다. 누나의 희생으로 가족의 갈등은 봉합되었고, 서로를 좀 더 이해하려고 노력하며, 그저 있는 그대로의 그 모습으로 화해할 수 있는 가족으로 거듭날 수 있었다.

따뜻한 마음을 가진 사람, 자신의 이익보다는 희생을 할 줄 아는 사람, 보다 더 넓은 시야를 가지려고 노력하는 사람이 더 좋은 가정과 사회를 만드는 것은 어찌 보면 당연한 것인지도 모른다.

11. 죽음 앞에서의 이승훈과 정약용

이승훈은 1783년 동지사로 떠나는 그의 아버지 이동욱과 함께 북경으로 갔다. 그곳에서 이승훈은 40여 일 머무르며 서양인 신부 그라몽에게 조선인으로서는 최초로 천주교 세례를 받았다. 그 다음 해인 1784년 조선으로 돌아올 당시 수십 종의 천주교 서적과 십자고상(十字苦像), 묵주, 상본 등 천주교 물품을 가지고 귀국하였다.

조선에 귀국한 이승훈은 이벽, 권일신, 정약용에게 세례를 주고 그들과 함께 김범우의 집에서 정기적인 신앙 집회를 가짐으로써 한국천주교회가 창설되었다.

이승훈의 어머니는 이가환의 누이였고, 이승훈은 훗날 정재원의 딸을 아내로 맞이하였다. 정재원은 첫 번째 부인에게서 정약현을 두 번째 부인에게서는 정약전, 정약종, 정약용을 낳았다. 따라서 이승훈과 정약용 형제간은 처남·매부 사이였다. 이승훈, 이가환, 그리고 정약전, 정약종, 정약용은 함께 천주교 집회에서 모여 예배와 천주교 교리에 대해 토론하곤 하였다.

정약현에게는 맏딸 정명련이 있었는데 정명련은 황사영과 결혼하였고, 황사영 또한 천주교인이 되었다.

정조가 죽고 1801년 순조가 왕위에 오르자 천주교인 수백 명이 처형되는 신유박해가 일어난다. 이승훈, 정약종, 이가환, 권철신, 주문모는 참수되고 황사영은 능지처참 되었다.

정약용을 제거하기 위한 노론 벽파는 정약용이 천주교인임을 빌미로 그를 형틀에 묶었다. 전하는 바에 따르면 정약용은 천주교를 주저하지 않고 배교하였다고 한다. 그는 자신이 천주교인임을 부인하는 것에 그치지 않고 적극적인 배교의 길을 걸었다. 그는 주문모 신부의 존재를 토설했고, 황사영과 이승훈을 이단의 무리라고 저주했다고 한다.

거기서 나아가 정약용은 전국 각지에 있는 천주교인을 색출할 수 있는 방법을 알려주었고 실제로 포도청은 이를 활용하여 많은 천주교를 색출하고 체포하였다는 것이 역사적 사실이다. 이로 인해 황사영의 백서가 발견되어 조선의 조정은 엄청난 피바람이 불었다. 정약용의 이러한 배교는 그의 참수형을 면해 유배로 끝나게 되었고 후에 복권되어 다시 조정에 들어갈 수 있었다.

정약용은 죽을 때까지 당시 상황이나 자신의 내면에 대해 침묵하였다. 자신의 배교로 인해 죽은 사람들에 대한 그의 마음이 어떠했는지 알 수는 없다.

이승훈 또한 죽음의 앞에서는 신앙에 대해 확신을 잃었다고 역사는 전한다. 이승훈은 자신이 정약용에게 영세를 준 사실을 폭로했고, 정약전을 밀고하였다. 그 또한 자신을 욕한 정약용을 저주했다. 처남과 매부 관계였던 이승훈과 정약용은 형틀에 묶인 채 그렇게 서로를 폭로하고 저주하였다.

이승훈은 한국 최초의 세례교인이었지만 그의 형이 집행되기 전 그는 천주교를 배교할 태도를 분명히 했다. 하지만 이미 형이 선고되었기에 집행은 돌이킬 수 없었다. 이승훈은 순교도 배교도 아닌 어정쩡한 상황에서 형장의 이슬이 되어 버렸다.

〈한국천주교회사〉에는 이승훈의 죽음에 대해 이렇게 서술하고 있다.

"천주교인이건 아니건 그는 죽을 수밖에 없었다. 배교로도 그의 목숨은 구할 수 없었다. 그는 하느님께 돌아온다는 간단한 행위만으로도 그 피할 수 없는 형벌을 승리로 바꿀 수 있었다. 그는 자신의 배교를 철회한다는 조그만 표시도 하지 않고 숨을 거두었다. 최초로 영세한 그가, 자기 동포들에게 영세와 복음을 전했던 그가, 순교자들과 함께 죽음의 자리로 나아갔으나 그는 순교자는 아니었다. 그는 천주교인이기 때문에 참수되었으나 그는 배교자로서 죽었다. 하느님 당신의 심판은 얼마나 정의롭고 무섭습니까. (샤를르 달레, 한국천주교회사)"

샤를르 달레는 이벽, 이가환, 이승훈, 권일신, 정약용, 정약전 모두를 배교자로 구분했고 그들을 순교자로 인정하지 않았다. 오직 정약종과 황사영만이 끝까지 배교를 거부해 순교자로 남았다. 정약종은 천주를 바라보고 죽겠다고 하여 하늘을 향해 누운 채 망나니의 칼을 받았고, 황사영은 사지가 찢겨 그의 몸이 6등분이 된 채로 죽음을 맞이했다.

정약용과 이승훈은 한때 같은 공간에서 천주를 섬겼으나 죽기 전엔 서로에게 등을 돌렸고, 죽은 후 정약용은 두물머리의 북쪽 능내마을에 묻혔고, 이승훈은 두물머리 남쪽 퇴촌마을에 묻혔다.

거칠게 흐르는 시대의 격랑과 죽음 앞에서 인간의 내면과 의지는 약할 수밖에 없는 것일까? 조선인 최초의 세례자는 그렇게 배교자로서 끝나 버렸고, 조선 실학을 집대성한 학문의 거두 또한 함께했던 신앙의 동료들을 죽음으로 내몰고 영원히 침묵으로 살아갈 수밖에 없었다.

12. 혼자 있는 시간

나이가 들면서 혼자 있는 시간이 많아지는 듯합니다. 예전에는 아무것도 방해받지 않고 혼자 있고 싶어도 그럴 수가 없었습니다. 이제는 나를 찾는 사람도 별로 없고, 해야 할 일도 그다지 많지는 않습니다. 그렇게 원했던 혼자만의 시간이 충분히 주어지고 있는 요즘입니다.

하지만 막상 혼자 있는 시간이 주어졌지만 아직은 왠지 낯설고 익숙하지 않은 것이 사실입니다. 무언가를 하다가도 나를 찾는 것이 아닌지 핸드폰을 만지거나 주위를 둘러보곤 합니다.

이제 점점 혼자 있는 시간이 더 많이 주어질 것 같습니다. 그 시간을 더욱 의미 있고 행복하게 보내야겠다는 생각을 하고 있습니다.

건강이 어느 정도 허락이 된다면 그동안 못 해본 것들을 해보고 싶은 마음 간절합니다. 예전에는 여러 가지 형편으로 인해 하고 싶었던 것도 못 하고, 해야 하는 것을 위주로 살아왔던 것 같습니다. 이제는 그러한 의무에서 조금은 자유로워졌으니 마음속에서 바랐던 것들을 해봐도 괜찮을 것 같습니다. 더 나이가 들기 전에, 건강을 잃기 전에, 예전에 소원했던 것을 하나씩 해나갈 생각입니다.

기회가 된다면 해발 5,000미터가 넘는 산을 올라가 보고 싶지만, 아무래도 그것은 어려울 것 같습니다. 이미 저의 몸은 그것을 감당해 내기에는 부족하다는 것을 잘 압니다. 아마 죽을 때까지 그것은 마음속에서만 바라는 것으로 만족해야 할 듯합니다. 그것을 못한다 하더라도 문제가 되지는 않습니다. 그 외에도 하고 싶은 일들은 많기 때문입니다.

오늘은 시간이 있어서 해보고 싶은 것들을 한번 써보았습니다. 마음속에 오래도록 꿈꾸어 왔던 것도 적어보았습니다. 가만히 생각해 보니 그중에서 나에게 남아 있는 시간 동안 할 수 있는 것을 따져보니 그리 많지는 않았습니다. 결국 내가 해보고 싶은 것의 대부분은 젊어서도 못했고 앞으로도 못할 것들이 많다는 것을 알게 되었습니다.

그것들은 제 평생에 그저 꿈으로만 남게 될 것 같습니다. 결국 마음속에서만 바라다가 이생에서는 이루지 못하게 될 것입니다. 하지만 그래도 괜찮습니다. 아직 할 수 있는 것이 조금은 남아 있기 때문에 그것으로 만족하자는 생각을 했습니다.

나에게 주어진 시간이 많은 줄 알았는데, 지난 시간 동안에 너무 많은 것을 하지 못한 것 같습니다. 앞으로 남아 있는 시간이 얼마가 되는지는 잘 모르지만, 그나마 하고 싶은 것과 할 수 있는 것이 있다는 것에 위안을 삼았습니다.

그래서 혼자 있는 시간이 저에게 얼마나 중요한지 다시 한번 깨닫게 되었습니다. 이 시간을 정말 소중하게 아껴서 사용하려고 합니다. 후회 없는 시간으로 채우고자 하겠지만, 그럴 수는 없을 것입니다.

하고 싶은 많은 것 중에 신중하게 선택을 해야겠다는 결론을 내렸습니다. 언제 아프게 될지도 모르고, 무슨 일이 갑자기 생길지도 모르니, 정말 하고 싶은 것, 진짜 내가 원하는 것을 순서대로 정해서 그것부터 해야겠다는 마음을 먹었습니다.

오늘이라는 시간이 주어진 것에 감사하고 있습니다. 오늘이 있기에 내가 있고, 내가 하고 싶은 일이 있고, 내가 할 수 있는 일이 있는 것이라는 생각에 마음이 시립니다.

올해 하고 싶은 일들을 몇 가지 추려보았습니다. 그중에 얼마나 할 수 있을지는 잘 모릅니다. 그래도 나름대로 최선을 다해 그것들을 해나가려고 합니다. 결과에 연연하지 않고, 그 과정들을 즐기며 순간순간을 의미 있게 보내고 싶을 뿐입니다.

13. 실존은 불완전함이다

실존이란 불완전함을 전제로 한다. 인간 자체가 완벽하지 않기에 그것은 어쩌면 당연한 것인지도 모른다. 삶에 있어 많은 어려움과 괴로움이 생기는 것은 완전하지 않은 나 자신이 스스로 완전하기를 기대하기 때문인 것은 아닐까? 타인과의 문제가 생기는 것도 불완전한 타인에게 많은 것을 기대하기에 그런 것이 아닐까?

우리의 삶은 불완전하기에 부조리로 가득 차 있는 것이 현실이다. 인간은 완전하지도 않고, 인간이 만든 제도나 사회도 완벽할 수가 없다. 알베르 카뮈의 〈이방인〉은 인간이란 불완전하기에 현실적으로 부조리한 삶을 살아갈 수밖에 없음을 이야기해주고 있다.

"마을 근처에서 마지막으로 우리를 따라잡았을 때 페레의 그 얼굴. 피로와 고통으로 굵은 눈물방울이 그의 뺨 위에 번득이고 있었다. 그러나 주름살 때문에 더 이상 흘러내리지 않았다. 눈물방울은 그 일그러진 얼굴 위에 퍼졌다가 한데 모였다가 하며 니스칠을 해놓은 듯 번들거렸다. 그리고 또 성당, 보도 위에 서 있던 마을 사람들, 묘지 무덤들 위에 제라늄 꽃들, 페레의 기절, 어머니의 관 위로 굴러떨어지던 핏빛 같은 흙, 그 속에 섞이던 나무뿌리의 하얀 살, 또 사람들, 목소리, 마을, 어느 카페 앞에서 기다리던 일, 끊임없이 도는 엔진 소리, 그리고 마침내 버스가 알제의 빛의 둥지 속으로 돌아왔을 때의, 그리하여 이제는 드러누워 12시간 동안 실컷 잠잘 수 있겠구나 하고 생각했을 때의 나의 기쁨, 그러한 것들이다."

장례식을 치르느라 오랜 시간 동안 몸과 마음이 지쳤기에 장례식이 끝난 후 쉬고 싶은 것이 어쩌면 나약한 인간의 당연한 마음인지도 모른다. 하지만 사회적 관습과 인식은 그러한 마음을 표현하지 말라고 한다. 실존적 인간의 모습을 보여주었다는 것만으로 이방인이라는 낙인이 찍혀야 하는 것일까?

우리가 만들어 놓은 사회적인 굴레에 스스로 구속이 되어 우리는 스스로 이방인이 될 수밖에 없는 처지에 놓여있는 것인지도 모른다. 우리 누군가는 언제 어느 순간 이방인이 되어 버릴지 알 수가 없다. 모든 사회적 상황과 제도에 완벽하게 적응하며 살아가는 사람은 존재하지 않기 때문이다.

"나는 저녁에 영화를 보러 가지 않겠느냐고 물었다. 그녀는 웃으면서 페르낭델이 나오는 영화를 보고 싶다고 말했다. 우리 둘이 옷을 다 입었을 때, 내가 검은 넥타이를 매고 있는 것을 보고 마리는 매우 놀란 듯이 상을 당했느냐고 물었다. 나는 어머니가 돌아가셨다고 대답했다. 언제 그런 일을 겪었는지 알고 싶어하기에 나는 '어제'라고 대답했다. 그녀는 흠칫 뒤로 물러났으나, 아무 말도 하지 않았다. 그건 내 탓이 아니라고 말하고 싶었으나,

그런 소리를 사장에게도 한 일이 있었던 것을 생각하고 그만두었다. 그런 말을 해본댔자 무의미한 일이었다. 어차피 사람이란 언제든지 잘못을 저지를 수 있으니까."

우리 모두는 이방인일 수 있다. 사회적 제도, 많은 이들이 주장하는 규범, 오래된 관습, 도덕과 윤리, 그러한 것들 안에서 살지 못하는 사람을 이방인이라고 한다면, 이방인의 삶을 살아갈 수밖에 없을 것이다. 우리는 불완전한 하나의 인간에 불과하고, 모든 면에서 완벽한 사람은 존재하지 않기 때문이다.

" '그렇다면 왜 나하고 결혼을 해요?' 마리가 말했다. 나는, 그런 건 아무 중요성도 없지만 네가 원한다면 결혼을 해도 좋다고 설명했다. 게다가 결혼을 요구한 것은 그녀 쪽이고, 나는 그저 받아들인 것뿐이다. 그러자 마리는 결혼이란 건 중대한 일이라고 나무라는 투로 말했다. 나는 아니라고 대답했다. 그녀는 잠시 말없이 나를 쳐다보더니 말을 꺼냈다. 자기와 같은 관계로 맺어진 다른 여자로부터 같은 청혼이 있었어도 승낙할 것인가, 다만 그것이 알고 싶을 뿐이라고 했다. 나는 '물론'이라고 대답했다. 그러자 마리는 자기가 나를 사랑하는지 어떤지 생각해 보는 듯했으나, 나는 그 점에 관해서는 아무것도 몰랐다. 잠시 또 침묵이 흐르고, 그녀는 내가 이상한 사람이라고, 아마 그 때문에 나를 사랑하는 것일 테지만, 바로 그 같은 이유로 내가 싫어질 때가 올지도 모른다고 했다. 더 할 말이 없이 잠자코 있노라니까, 마리는 웃으면서 내 팔을 붙들고 나와 결혼하고 싶다고 말했다."

인간이 만든 제도가 실존적 존재인 인간과 맞지 않을 수도 있다. 그 제도가 어떤 것이든 완벽한 것은 없기 때문이다. 사랑해서 결혼했지만, 시간이 지나면 그 사랑도 변한다. 사랑하는 마음이 사라진다면 바로 결혼 생활을 그만두어야 하는 것일까?

사랑이 없다고 해도 같이 살 수도 있고, 사랑하더라도 같이 살지 못할 수도 있다. 사랑이 없기에 결혼해서는 안 되는 것이라면 사랑이 변하면 같이 살아가야 할 이유도 없다. 사랑을 해야 결혼을 하는 것이라면 사랑하는 데도 결혼을 하지 못하는 것도 설명이 되지 않는다. 우리의 실존은 우리가 만들어 낸 제도와는 아무런 관계가 없다.

"이 눈물과 소금의 장막에 가려져 내 눈은 보이지 않았다. 다만 이마 위에 울리는 태양의 심벌즈 소리와, 단도로부터 여전히 내 눈앞에 뻗어 나오는 눈부신 빛의 칼날을 느낄 수 있을 뿐이었다. 그 뜨거운 칼날은 속눈썹을 쑤시고 아픈 두 눈을 후볐다. 그때 모든 것이 흔들렸다. 바다는 무겁고 뜨거운 바람을 실어 왔다. 하늘은 활짝 열리며 불을 비 오듯 쏟아놓는 것만 같았다. 온몸이 뻣뻣해지고, 총을 든 손에 경련이 났다. 방아쇠는 부드러웠다. 나는 권총 자루의 매끈한 배를 만졌다. 그리하여 짤막하고도 요란스러운 소리와 함께 모든 것이 시작된 것이 바로 그때였다. 나는 땀과 태양을 떨쳐 버렸다. 나는 한낮의 균형과, 내가 행복을 느끼고 있던 바닷가의 이상한 침묵을 깨뜨려버렸다는 것을 깨달았다. 그때 나는 그 굳어진 몸뚱이에 다시 네 방을 쏘았다."

삶은 설명할 수 없는 것으로 가득하다. 어쩔 수 없음, 예상하지 못했던 우연, 어떤 알 수 없음이 우리의 인생을 채워가기도 한다.

삶이 완전하다면 모든 것이 합리적이고, 모든 것이 완벽해야만 한다. 하지만 우리의 삶은 전혀 그렇지 않다. 비합리적인 것도 무수히 많고 완벽하지 않은 것은 셀 수없이 많다. 이해하지 못하는 것도 많고, 받아들이지 못하는 것도 많다.

"나는 전에도 옳았고, 지금도 옳다. 언제나 나는 옳을 것이다. 나는 이렇게 살았으나, 또 다르게 살 수도 있었을 것이다. 나는 이런 것은 하고 저런 것은 하지 않았다. 어떤 일은 하지 않았는데 다른 일을 했다. 그러니 어떻단 말인가? 나는 마치 저 순간을, 내가 정당하다는 것이 증명될 저 새벽을 계속 기다리며 살아온 것만 같다. 아무것도 중요하지 않다. 나는 그 이유를 알고 있다. 너도 그 이유를 알고 있다. 내가 살아온 이 부조리한 삶 전체에 걸쳐, 내 미래의 저 밑바닥으로부터 항상 한 줄기 어두운 바람이, 아직도 오지 않은 세월을 거쳐서 내게로 불어 올라오고 있다. 내가 살고 있는, 더 실감 난달 것도 없는 세월 속에서 나에게 주어지는 것은 모두 다, 그 바람이 불고 지나가면서 서로 아무 차이가 없는 것으로 만들어버리는 거다. 타인의 죽음, 어머니의 사랑, 그런 것이 대체 뭐란 말인가? 흔히 말하는 그 하나님, 사람들이 선택하는 삶, 사람들이 선택하는 숙명, 그런 것에 무슨 의미가 있단 말인가? 오직 하나의 숙명만이 나를 택하도록 되어 있고, 더불어 너처럼 나의 형제라고 하는 수많은 특권을 가진 사람들도 택하도록 되어 있기 때문이다. 알아듣겠는가? 사람은 누구나 다 특권을 가지고 있다. 특권을 가진 사람들밖에는 없다."

우리 안에도 뫼르소가 있다. 왜냐하면 우리 모두는 예외 없는 실존적 존재이기 때문이다. 삶은 부조리하기에, 설명할 수 없는 것으로, 어쩔 수 없는 것으로, 이해하지 못하는 것으로, 우리의 일상이 채워지기도 한다. 그러한 속에서 살아가는 인간이기에 내가 알 수 없는 어딘가에는 내가 모르는 뫼르소가 있을 수밖에 없다.

나는 실존적 존재이기에 완벽하게 살고 싶지는 않다. 내 주위에 있는 사람들도 실존적 존재이기에 그들이 완벽하기를 기대하지 않는다. 불완전한 인간으로서 부조리한 삶을 살아갈 수밖에 없는 것이 어쩌면 당연한 것인지도 모른다. 그저 존재함으로, 실존적 존재만으로도 삶은 충분하다. 부조리한 삶 속에서 살아가기 위한 내적 평안은 거기에서 오는 것인지도 모른다.

14. 행복과 불행의 양태

"행복한 가정은 고만고만하지만, 불행한 가정은 그 불행의 모양이 저마다 다르다."

톨스토이의 소설 〈안나 카레니나〉에 나오는 말이다. 이는 가정뿐만 아니라 개인에게도 해당될 것이다. 우리는 대부분 행복을 추구하지만, 우리의 인생을 결정하는 것은 불행일지도 모른다. 문제는 그 불행이 인간의 한계와 예상을 넘는다는 데에 있다. 그렇다면 내가 할 일은 행복에 대한 관심보다는 나에게 닥칠 불행에 대해 대비하고 그러한 불행을 이겨나갈 방법을 찾는 것이 현명한 것이 아닐까 싶다.

하지만 주위의 가까운 사람이 겪는 불행을 보고서도 나에게는 그러한 일이 일어나지 않으리라 생각하게 된다. 다른 사람에게 일어난 커다란 불행에 가슴 아파하면서도 나도 그러한 것을 경험할 수 있으리라는 것을 심각하게 생각하지는 않는다. 나에게는 불행보다는 행운이나 행복이 기다리고 있으리라 기대하곤 한다.

그렇다 보니 전혀 예상하지 않은 시기에 아무런 준비도 하지 않고 있는 상황에서 불행을 겪게 되면 전혀 감당하지 못한 채 그 불행에 나의 많은 것을 잃고 만다.

부족할 것 없을 것 같은, 매일 행복할 수밖에 없을 것 같은 안나가 그 뜨거웠던 사랑을 잃고, 사회에서 매장을 당하며, 사생아를 낳고, 죽을 고비를 넘기며, 삶의 의지마저 잃은 채, 결국 자살을 하리라는 것을 그 누구도 예상하지 못했을 것이다.

행복할 수 있을 조건이 모든 것을 보장하지는 않는다. 그럼에도 불구하고 우리는 그만그만한 행복을 추구하고, 그것이 전부인 양 매일 그러한 행복을 성취하기 위해 정신없이 살아가고 있을 뿐이다.

어쩌면 안나는 자신의 삶을 스스로 끊었기에 더 커다란 불행의 양태를 경험하지 못한 것일 수도 있다. 불행의 크기와 깊이는 우리가 전혀 잴 수 없는 모습으로 우리의 인생의 바닥까지 밀어낼 수도 있으며, 더 이상 감당할 수 없을 한계의 끝까지도 경험하게 만들 수도 있다.

불행이 무서운 것은 우리의 영혼마저 사막의 한복판으로 이끌 수 있기 때문이다. 그런 경우 우리는 주어진 시간 동안 모래바람 날리는 그러한 영혼을 가진 사람으로 살아가게 될지도 모른다. 그 어떤 삶의 아름다움도 없이, 더 이상의 기대와 희망도 없이 그렇게 살아가게 될 수도 있다. 불행의 모양이 저마다 다른 것은 이런 이유 때문이다.

불행을 경험하지 않고 살아가는 사람은 없다. 삶은 우리에게 그만큼의 시간을 주기 때문이다. 중요한 것은 나에게 닥친 불행이 더 이상 커지지 않고 더 험악한 모습으로 되지 않도록 그 불행의 양태를 알아차리고 이를 나의 삶에서 사라지도록 그 방법을 찾아 최선을 다해야만 한다는 것이다.

행복은 지금 나에게 주어진 것으로 조금만 노력한다면 충분히 얻을 수 있다. 그렇기에 톨스토이는 행복의 모습을 고만고만하다고 한 것이 아닐까 싶다.

독일로 요양을 갔다가 돌아온 키티는 그녀가 사랑하는 사람을 잃었지만, 그 정도에서 불행을 막아낼 줄 알았다. 그녀의 내면이 그것을 해낼 수 있었기 때문이었다. 그로 인해 키티는 더 이상의 불행 없이 고만고만한 행복한 삶을 살아갈 수 있었다.

불행을 알아볼 수 있고 이를 이겨낼 수 있는 내면의 힘은 더 이상의 다른 양태의 불행에서 벗어나 우리에게 일상의 행복을 가져다준다는 것을 안나는 몰랐기에 충분히 행복할 수 있는 조건이 있었음에도 불구하고 그렇게 삶을 마감할 수밖에 없었다.

15. 타인의 허물이 보이는 이유

타인의 허물이 보이는 것은 나의 허물일지도 모른다. 얼마 전 친했던 친구의 허물을 탓했다. 시간이 지나 돌이켜보니 그 친구의 허물이 보인 것이 나의 허물이라는 생각이 들었다.

나는 왜 친구의 허물이 보였던 것일까? 허물이라는 것은 옳고 옳지 않음의 기준이 있어야 가능하다. 그 기준을 만드는 것은 오로지 나의 생각과 마음에서 비롯될 뿐이다. 그 기준에 비추어 그 친구를 판단하니 허물이 보였던 것이다.

나의 기준엔 나의 편견과 선입견이 있을 수밖에 없고, 그것을 바탕으로 판단을 하니 타인의 허물을 오로지 나의 기준에서 결론지어버리고 말게 된다.

타인이 나를 바라볼 때 그 사람의 기준에서 본다면 나 또한 많은 허물이 있을 수밖에 없을 것이다. 왜냐하면 이 세상에 완벽한 존재는 없기 때문이다.

타인이 어떠한 말을 하거나 행동을 할 때 그는 그 나름대로의 이유나 상황이 있을 것이고, 그는 자신의 기준에 따라 그러한 말과 행동을 했을 것이다. 자신의 옳지 않음을 보여주기 위해 일부러 말하고 행동하는 사람은 극히 드물다. 그것이 연기가 아닌 이상 대부분의 사람은 자기 나름대로의 선택을 하고 있을 뿐이다.

하지만 우리는 그 사람의 형편과 상황을 생각하지 않고 오직 나의 기준에 부합하는가에 따라 그를 판단해버리고 만다. 그로 인해 그의 허물을 탓하고 비난하고는 한다.

타인의 허물이 보이는 것은 바로 이 때문이 아닐까 싶다. 나의 기준으로, 그 기준이 맞는지 틀리는지도 모른 채, 타인의 상황과 형편도 모른 채 그를 판단하고 말기 때문이다. 이것은 나의 허물이 될 수밖에 없다.

잘 알지도 못하면서, 나 자신 완벽하지도 않으면서, 타인의 상황과 그에 대해 아는 것도 없으면서, 오직 나의 좁은 생각과 마음에서 비롯된 기준으로, 그 기준이 전부인 것처럼 아무런 머뭇거림도 없이 타인의 허물에 대해 탓하고 있는 것이다.

타인의 허물이 보인다는 것은 그만큼 나의 허물이 있다는 뜻이고, 타인의 허물이 크게 보인다는 것은 나의 허물 또한 그만큼 크기 때문이다.

타인의 허물이 점점 보이지 않을수록 나의 세계는 점점 커지며, 나 자신의 시야가 객관적이 되어 가는 것이고, 나의 좁은 편견과 선입견에서 자유로워지는 것 같다.

나 자신이 누구인지 정확히 알아야 하지 않을까 싶다. 내가 얼마나 주관적으로 타인을 판단하는지, 나 자신이 얼마나 좁은 편견 속에서 살아가는지, 나의 허물이 무엇인지, 그러한 나만의 기준으로 타인을 섣불리 분별하고 있는지, 나 자신에 대해 보다 객관적으로 알아야 할 필요가 있다.

나 자신을 알게 된다면, 나의 허물이 어떤 것인지, 왜 그것으로 타인을 판단하면 안 된다는 것을 알게 될 것이고, 시간이 갈수록 타인의 허물이 보이지 않게 될지도 모른다.

16. 비가 오게 할 수는 없다

예전에는 노력을 하면 많은 것을 할 수 있다고 생각했었습니다. 그 생각에 사로잡혀 저 스스로 나름대로의 최선을 다해 애를 썼습니다. 그러한 욕심은 저 자신에 대한 일에서 끝나지 않고 가족이나 가까운 사람에게까지 저의 영향력을 끼치려 부단히도 노력했던 것 같습니다. 그러한 노력이 일부 어느 정도의 결과로 낳았던 것은 사실입니다.

하지만 요즘 들어 느끼는 것은 그러한 노력의 결과가 정말 엄청나게 의미가 있는 것은 아니라는 것입니다. 꼭 제가 생각했던 결과를 얻지 못했다 하더라도 그다지 큰 문제가 되지는 않았을 것이라는 생각이 듭니다.

이것은 제 자신을 객관적으로 바라보는 능력이 부족해서 생긴 것 같습니다. 할 수 있는 것과 할 수 없는 것, 어느 정도까지 노력을 하는 것과 어느 정도에서 그만두어야 하는 것, 이러한 것들에 대한 깊은 생각을 하지 않았던 것 같습니다.

그냥 무작정 목표를 세우고 그 목표를 이루기 위한 계획을 세운 후 제가 가지고 있는 모든 에너지를 동원하여 최선을 다하는 것이면 된다고 생각했습니다. 그러한 노력으로 인해 웬만한 것은 충분히 이루어낼 수 있을 것이란 교만함과 자신감이 있었던 것 같습니다.

이제는 더 이상 그러한 노력을 하지 않으려고 합니다. 삶은 그다지 큰 차이가 없다는 것을 깨달았기 때문입니다. 인간의 욕심은 한이 없어서 한번 목표를 세우고 노력을 하고 나면 다시 또 다른 목표를 세워 더 많은 노력을 하게 되고 그러한 일들이 계속 반복되면서 저에게 주어진 시간이 오직 그러한 것을 이루기 위해 발버둥 치다 모두 끝나버리고 말 것 같다는 생각이 들었기 때문입니다.

그러한 끊임없는 노력으로 얼마나 큰일을 할 수 있을까 하는 생각을 해보았습니다. 나의 능력으로, 정말 보잘것없는 나의 능력으로는 할 수 있는 것은 어느 정도까지밖에 되지 않는데도 끊임없이 노력만 하는 저 자신의 끝은 어쩌면 불행해질 수도 있을 것이란 생각이 들었습니다.

제가 아무리 노력을 해도 비를 내리게 할 수는 없습니다. 제가 아무리 애를 쓴다고 하더라도 하얀 눈이 펑펑 내리는 겨울에 꽃을 피울 수는 없습니다.

제가 할 수 있는 것만 하는 것으로도 이생에서 주어진 시간을 충분히 의미 있게 보낼 수 있을 것이라는 생각이 듭니다. 그 이상의 욕심을 부리는 것은 제 인생에 있어서 마른하늘에서 비를 만들어 내려는 것과 같은 정말 어리석은 판단이라고 생각됩니다.

이제는 거창한 목표를 이루려 하기보다는 매일 하는 일의 과정에서 즐거움을 찾으려고 합니다. 비를 오게 할 수는 없지만, 저의 화단에 물을 줄 수는 있을 것이라 생각합니다. 비록 조그만 화단이지만, 나름대로 저만의 세계에서 만들어지는 예쁜 화단이며 충분하다는 생각이 듭니다. 다른 사람이 어떻게 생각하건 그것은 중요하지 않고, 대부분의 사람들이 이루려고 하는 것도 그리 중요하지는 않습니다.

비가 오게 할 수 없다는 것을 깨달아 오히려 더욱 행복해질 수 있을 것이라는 느낌이 듭니다. 노력만 하다가 주어진 시간을 더 이상 잃어버리지는 않을 테니까요.

이제는 비가 오는 것을 바라만 보아도 좋을 것 같습니다. 우산을 쓰고 마음의 자유를 누리며 마음 편하게 비가 오는 날도 산책을 할 수 있을 것입니다.

17. 타인의 삶

진정한 주인으로서의 삶이란 무엇일까? 나는 나 자신의 삶을 내가 주인이 되어 온전히 살아가고 있는 것일까? 나에게 주어진 그 소중한 시간을 진정 나 자신을 위해 얼마나 사용하고 있는 것일까? 무엇을 위해 우리는 하루종일 그토록 바쁘게 살아가고 있는 것일까? 정미경의 〈타인의 삶〉은 자신이 선택하여 살아가는 삶이 진정한 자신의 의지와 선택으로서 이루어지고 있는지에 대해 돌아보게 해주는 이야기이다.

"이름표에 적힌 그 남자의 이름이 뭐였더라. 그런 생각들. 그 날, 사실 나도 꼭 바깥으로 나가고 싶었던 건 아니야. 그저 낮과는 다른 시간을 보내고 싶었어. 네가 전화를 하는 동안 그 다큐를 보고 있는데, 그 화면 속의 삶이, 오늘 하루 내가 살아온 시간, 내일 똑같이 살아내야 할 시간이 이면처럼 보였어. 미친 듯, 무서운 속도로 달려야만 하는 이 삶의 이면 말이야. 저 풍경 속으로 한번 걸어가 보고 싶다, 참 단순하게 그런 마음이 들었지."

일상에서 일어나고 있는 수많은 일들은 나와 어느 정도 관계되어 있는 것일까? 혹시 나와는 그리 상관없는 사람과 일을 위해 그 소중한 시간들을 사용하고 있는 것은 아닐까? 지나가고 나면 다시는 돌아오지 않을 순간들을 아무런 의미 없이 보내고 있는 것은 아닐까?

"어떤 것도 묻고 싶지 않다. 이 자리에 이르게 된 것이 모르핀 앰플 때문인지, 수술 끝에 숨을 거둔 쉰세 살 남자 때문인지, 꽃구경을 끝내 가지 않겠다던 게으른 연인 때문인지, 그날 나를 그토록 미치게 만들었던 N교수 때문인지, 어둑한 화면을 흘러 다니던 인파들 때문인지, 미정의 전화 때문인지, 어둑한 화면을 가득 채우던 만월 때문인지, 차창에 들러붙던 꽃잎 한 장 때문인지 현규인들 알 수 있을까. 그만 가. 나는 현규의 등에 손바닥을 올려놓았다. 손바닥이 무얼 말하는지는 그가 읽어낼 일이다."

수많은 일상의 순간들이 우리의 인생을 결정하고 있는 것이 현실이다. 그러한 많은 순간들 중 나에게 정말 중요한 것들은 어떤 것일까? 나는 그런 많은 순간과 사람들 틈에서 나의 생각과 의지와는 상관없이 나의 삶을 살아가고 있는 것은 아닐까?

"돌이킬 수 없을 때의 후회는 후회가 아니다. 다만 기억의 우물 속으로 끊임없이 자신을 내동댕이치는 것이다. 무심하고 어리석었던 시간들은 아주 잘게 쪼개져 연속사진처럼 선명하게 재생된다. 그러고는 여기쯤이냐고, 아니면 어디서부터였냐고, 다만 길이 나누어지기 시작한 그 지점을 손가락해보라고, 다그치고 또 다그치는 것이다."

내가 선택을 하건, 선택을 당하건, 나의 의지와 상관없이 어떤 일을 하건, 나의 계획과 의지대로 어떤 일을 하건, 그건 모두 나의 책임일 수밖에 없다.

가장 비겁한 사람은 나에게 일어나는 일들에 대한 다른 사람이나 다른 요인을 탓하는 사람이다. 주인의 마음으로 나의 삶을 살아가지 못하기에 나에게 일어나는 것들을 다른 곳에서 원인을 찾고 있을 뿐이다. 어떠한 일이 나에게 일어나건 그건 전적으로 나의 삶 속의 일이기에 나의 책임일 뿐이다.

모든 것이 나와 관계되어 있다는 주인 정신으로 살아가야 하는 것이 진정한 삶의 주인공으로의 모습이라는 생각이 든다. 나에게 주어진 모든 것에 있어 주인의 마음이라면 그 모든 순간들이 참 될 수밖에 없을 것이다.

18. 주머니 속의 조약돌

영화 〈래빗홀〉에서 니콜 키드만은 사고로 인해 그녀의 4살짜리 아들을 잃는다. 헤어날 수 없는 깊은 슬픔에 빠진 그녀는 살아가는 것이 너무나 힘에 겨웠다. 그녀의 어머니 또한 10여 년 전 아들을 하늘나라로 보내야 했다. 니콜 키드만이 어느 날 그녀의 어머니에게 묻는다. 어떻게 10년 넘는 세월을 견디며 살아올 수 있었느냐고. 그녀의 어머니는 니콜 키드만에게 이렇게 답한다.

"글쎄, 무게의 문제인 것 같아. 언제부턴가 견딜 만해져. 결국은 주머니에 넣고 다닐 수 있는 조약돌처럼 작아지지. 때로는 잊어버리기도 해. 하지만 문득 생각나 손을 넣어보면 만져지는 거야. 끔찍할 수도 있지. 하지만 늘 그런 건 아냐. 그건 뭐랄까…. 아들 대신 너에게 주어진 무엇. 그냥 평생 가슴에 품고 가야 할 것. 그래, 절대 사라지지 않아. 그렇지만…. 또 괜찮아."

소중한 것을 잃는 것만큼 아픈 것은 없다. 내가 진정 사랑했던 것, 나의 마음속 깊이 머물렀었던 것이라면 그 아픔의 크기는 더욱 클 수밖에 없다. 그 어떤 것으로도 대체할 수 없기에 삶의 끝에 다다른 것과 마찬가지일 수 있다. 만약 그것이 다시는 내게 돌아오지 않는 것이라면 희망마저 사라진 것과 마찬가지이다. 아무리 간절히 소원하더라도 그 소원은 이루어질 수가 없다.

살아가면서 그러한 일이 일어나지 않기를 바라지만 삶은 우리에게 그리 너그러운 것이 아니다. 누구에게나 그러한 일은 일어날 수 있고, 그 커다란 아픔과 상처를 끌어안은 채 살아갈 수밖에 없다.

시간이 아무리 흘러도 그 상처는 영원히 치유되지 않는다. 바람이 나의 얼굴을 스치면 그 상처가 생각이 나고, 어두운 밤하늘을 쳐다볼 때면 불현듯 아름다웠던 그 순간들이 떠오르곤 한다.

평생 마음속에 남아 영원히 잊지 못하는 존재, 이제는 주머니 속에 남겨진 조약돌 같지만, 영원히 그 조약돌은 나의 주머니 속에 남아있을 것이다.

생각이 날 때마다, 아니 아무런 생각도 없이, 주머니 속에 손을 넣어 그 조약돌을 만질 때마다 아름다웠던 그 순간이 생각날 수밖에는 없다.

살아남은 사람은 살아갈 수밖에 없기에 오늘도 해야 할 일을 하면 살아가고 있지만, 주머니 속의 조약돌은 언제나 나와 함께 있어 수시로 주머니 속에 넣어 손으로 그 조약돌을 만져보곤 한다.

가끔은 주머니 속에 손을 넣어 그 조약돌을 꺼내 보기도 한다. 할 수 있는 것은 하나도 없어 그저 한없이 바라만 볼 수밖에 없다. 아마 삶은 이러한 어쩔수 없음으로 이루어진 것인지도 모른다.

19. 소설 스터디

매주 금요일 오후에는 예쁜 카페에 간다. 소설 스터디를 하는 시간이다. 이제는 시간이 꽤나 지나 몸에 밴 듯, 스터디하는 이 시간이 너무나 자연스럽다.

스터디하는 인원이라야 고작 2명이다. 나하고 남쌤하고 그냥 둘이 하는 스터디다. 우연히 수필창작반에서 만난 인연이 이렇게 이어져 오는 것을 보면 참으로 놀라운 것이 인연이라는 생각이 든다.

나이 차이가 상당히 많이 나는데도 불구하고, 조카 같기도 하고 여동생 같기도 한 남쌤하고 함께 공부하는 시간이 즐겁고 행복하기만 하다.

말이 소설 스터디지 사실 아무거나 다 이야기하고 그런다. 시, 수필, 소설, 동화, 시나리오 등 그냥 글이라는 것은 가리지 않고 각자가 쓴 글을 서로 교환하며 터놓고 이야기하는 이 시간이 나에겐 너무나 소중하다.

글에 대한 것뿐만 아니라 살아가는 것에 대해서도 이야기한다. 삶에 대한 것도 정해진 것 없이 아무거나 나오는 대로 그냥 다 이야기한다. 이렇게 격의 없이 마음속에 있는 것을 거리낌 없이 이야기하는 것이 얼마나 오랜만인지 모른다.

만나면 즐겁고 마음이 편한 사람이 있다. 비록 막내 여동생보다 훨씬 더 어린 뻘이지만 남쌤이 그렇다. 투명한 마음에 비치는 나 자신이 보이기도 한다. 있는 그대로 존재 그 자체를 받아들여 주는 것을 느끼기에 내 마음이 편한 것 같다. 그 어디서도 쉽게 느껴지지 않는 편안함이다. 그냥 함께 이야기하고 삶에 대해 나누고, 글에 대해 토론하는 시간이 이렇게 소중하고 감사하게 느껴질 줄은 몰랐다. 그 누구에게서보다 더 많은 것을 생각하게 되고 배우게 된다.

남쌤은 내가 이제까지 만나본 사람 중에 가장 글에 있어 재능이 있는 사람이라는 생각이 든다. 그녀의 글을 보면 타고났다는 느낌이 든다. 그녀의 글을 읽는 것만으로도 나는 행운아라는 생각이 든다.

사람의 관계라는 것은 편안함이 정말 중요한 것 같다. 서로를 내세우지도 않고, 그저 있는 그대로 받아들이고, 그 사람 자체를 존중해 주는 것이 소중한 만남의 시간들을 계속할 수 있게 해주는 것 같다. 그런 시간들 속에서 서로가 발전하고 성숙하고 더 나은 삶의 부분들을 만들어가게 되는 것 같다. 나이도 성별도 종교도 그 어떤 것도 장애물이 되지 않으니 얼마나 좋은지 모른다.

매주 금요일 오후에 하는 소설 스터디 시간이 언제까지 계속될지는 모르나, 먼 미래에 돌아보면 아름다웠던 추억으로 남아있을 것이라는 확신이 든다.

비록 한 시간밖에는 되지 않지만 그 시간이 소중하게 느껴지기에 매주 금요일 오후에 가는 그 카페는 너무나 예쁘다. 그 카페에서 하는 스터디 시간이 오래도록 계속되었으면 정말 좋을 것 같다.

20. 비난에 대하여

우리는 일상생활에서 타인의 비난으로 인해 많은 내면의 상처를 받곤 한다. 특히 나와 가까운 사람이나 친했던 사람으로부터 마음을 많이 다치기도 한다. 뿐만 아니라 요즈음에는 잘 알지도 못하는 사람들에게까지 비난을 당하곤 한다. 블로그나 다른 SNS으로부터 익명의 사람들은 자신의 생각과 조금만 달라도 거침없이 비판의 의견을 쏟아내는 것이 현실이다.

이러한 현실 속의 비난은 나의 의지와는 상관없이 이루어진다. 나 자신이 그러한 비난을 어떻게 하지를 못한다. 타인의 나에 대한 비난은 내가 무언가를 잘 못해도 받지만, 너무 잘해도 비난을 받는다. 나의 재능이나 능력이 모자라도 비판을 하고 너무 넘쳐도 비판을 한다. 못해도 비난을 받고 잘해도 비난을 받으니 비난은 항상 나를 따라다닐 수밖에 없다.

비난에서 자유롭지 않은 이상 마음의 상처를 받는 것은 어쩌면 당연한 일이 되어버리고 만다. 그러한 아픔과 상처를 가지고 살아가야만 한다면 우리의 일상은 괴로울 수밖에 없다.

중요한 것은 타인의 비난에 의해 나의 삶이 파괴되어서는 안 된다는 것이다. 나의 능력과 재능은 그들의 비난보다 훨씬 소중하다. 타인의 비난은 단지 그들의 생각일 뿐이다. 나를 소중하게 생각하고 나를 진정으로 사랑하는 사람은 나에게 상처를 주는 비난을 하지 않는다. 결론적으로 말하면 나에게 상처를 주는 사람은 나를 그다지 생각하지 않는 사람의 단순한 의견일 뿐이다. 그것은 나의 삶에서 결코 중요하지가 않다. 그냥 스쳐 지나가는 바람 같은 것일 뿐이다. 그러한 아무것도 아닌 것으로 내가 아프고 힘들 필요가 전혀 없다.

타인이 나에 대해 어떠한 비난을 하더라도 나 스스로 상처를 받지 않으면 된다. 그것은 실로 간단하다. 그냥 타인의 의견을 그러려니 하고 생각하면 된다. 그 비난에 대해 나의 의견을 제시하는 순간 또 다른 비난의 악순환에 스스로 말려 들어갈 수밖에 없다. 이 세상에서 절대적으로 옳은 것은 없다. 나 자신의 의견이 옳지 않을 수 있고, 타인의 의견도 옳지 않을 수 있다.

누군가 나에 대해 비판이나 비난을 한다면 그것은 그저 그의 생각이라고 여기고 나에게 도움이 되는 비난일지 생각해 본 후, 도움이 된다면 나 자신의 잘못을 고치고, 그렇지 않으면 스쳐 지나가는 바람이라 생각하고 잊으면 된다.

타인의 비난에 대해 무디어질수록 마음은 자유롭고 편안해질 수 있다. 그것에 대해 옳고 옳지 않음을 생각할 필요도 없고, 그러한 비난을 내 자신의 마음에 담아둘 필요가 없다면 어떠한 비난이 나에게 오더라도 나의 삶은 결코 흔들리지 않는다.

타인의 비난이나 비판에 신경을 쓰고 마음 아파하며 상처를 받아 힘들어하기보다는 더 소중한 나의 시간을 아껴가며 살아가야 하지 않을까? 그러한 비난보다 나에게 주어진 시간이 더 소중한 것이 아닐까? 타인의 비난이 아무리 크더라도 그냥 아무것도 아니라 생각하면 아무것도 아닐 뿐이다.

타인의 비판이나 비난은 어쩔 수가 없다. 내가 노력한다고 해서 나의 인생에 비난이 없는 그러한 일은 앞으로 일어나지 않는다. 내가 이 세상에 살아가는 동안 그러한 것은 나의 그림자처럼 따라다닌다. 그림자가 나를 따라다닌다고 해서 내가 마음을 쓰고 그것에 대해 아파한다고 해서 그림자가 나에게서 영원히 사라지지는 않는다.

나 자신의 능력과 마음의 강해질수록 그러한 비난에서 자유로워질 수 있다. 그림자가 따라오건 말건 그저 그러려니 하고 나의 할 일을 하며 소중한 시간을 보내면 비난이란 것은 신경 쓸 필요도 없는 하찮은 것에 불과할 뿐이다.

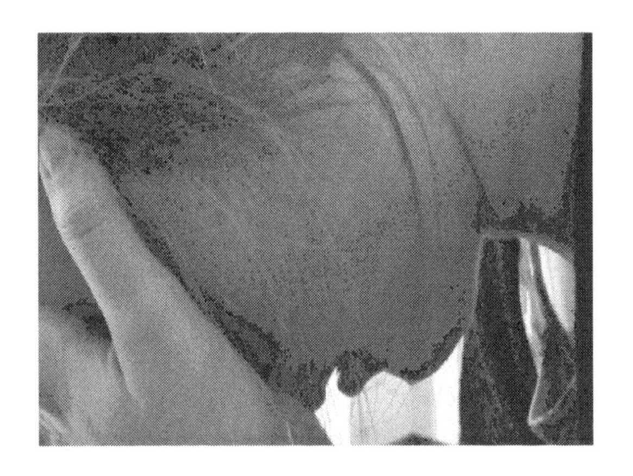

21. 고통을 이겨냈기에 눈부시다

지난가을 김수현 드라마 아트홀에서 수업을 듣던 중, 불현듯 마라톤에 대한 대본을 쓰고 싶었다. 스토리의 구조를 대충 생각하고 나서, 막상 쓰려니 아무래도 직접 마라톤을 뛰어봐야겠다는 생각이 들었다. 춘천 마라톤 풀코스를 접수하고 나서 아무래도 연습을 해야 했지만 여러 가지 일이 너무 많아 운동할 시간이 도저히 나지 않았다. 간신히 대회 당일 전 2주 정도 억지로 시간을 내서 하루에 한두 시간 간신히 운동을 하고 춘천으로 향했다. 주위에서는 모두가 걱정을 하며 말렸다. 연습도 하지 않고 풀코스를 뛰다가 잘못되면 어떻게 하냐고 난리들이었다. 게다가 마라톤 경험도 별로 없고 같이 뛰어 줄 사람도 없는데 중간에 다치기라도 하면 큰일이라고 차라리 하프를 뛰라고들 하였다.

하지만 내 마음은 마라톤이나 풀코스보다 대본 쓰는 것에 있었기에 풀코스를 뛰지 않고는 마라톤에 대해 잘 알 수가 없어 대본을 위해서라도 일단 풀코스에 도전하기로 마음을 정했다. 대회 당일 춘천에는 2만 명에 가까운 인파들로 북적였다. 출발하기 전 내 마음속에는 결승선만 있었다. 중간에 어떻게 되건 말건, 아무리 힘들더라도, 다리가 아파 뛰지 못하면 걸어서라도 결승선에 들어오겠다는 마음밖에는 아무것도 없었다. 그래야 자신 있게 대본에 많은 스토리를 넣을 수 있을 것만 같았다.

드디어 출발신호와 함께 수많은 사람들이 뛰어나가기 시작했다. 나는 일단 초반에 페이스를 조금 빨리 달려야 어느 정도 가망성이 있을 것 같아 4시간 20분 페이스 메이커 뒤를 바짝 따라 달렸다. 반환점까지는 그나마 잘 따라갈 수 있었다. 하지만 반환점을 돌자 걱정했던 것이 나타나기 시작했다. 준비도 많이 못했고 운동도 부족하여 더 이상 페이스 메이커를 따라붙을 수가 없었다. 아무리 의욕이 있다고 하더라도 몸이 따라가 주지 않으니 도저히 방법이 없었다.

마침 4시간 40분 페이스 메이커가 오길래 그 뒤를 다시 따라 달렸다. 하지만 체력이 바닥이 나기 시작하자 금새 4시가 40분 페이스 메이커조차 따라붙지를 못했다. 그나마 마의 28~30km 구간을 넘었기에 다행이었다. 하지만 그때부터 다리가 무거워지기 시작했다. 주위에는 이미 다리에 쥐가 나서 길바닥에 드러눕는 사람들이 생기기 시작했고, 앰뷸런스도 돌아다니고 있었다. 갈수록 쥐로 인해 길바닥에 아예 벌렁 드러눕는 사람들이 급격하게 늘어났다. 중간에 쉬어버리면 끝까지 갈 수 없을 것 같아 이를 악물어 계속 달렸다. 다른 생각을 하면 포기하고 싶을 것 같아, 아무 생각을 하지 않기로 했다. 중간에 정말 포기하고 싶은 마음이 수십 번도 더 생겼다. 뭐라도 먹으면 그런 마음이 사라질 것 같아 주최 측에서 테이블에 준비해둔 바나나, 초코파이, 생수를 닥치는 대로 먹기 시작했다. 나중에는 물을 너무 먹어 배를 부를 지경이었다.

35km를 넘어서자 끝이 보이기 시작했다. 포기만 하지 않으면 된다는 마음으로 다시 이를 악물었다. 머릿속에서는 대본을 써야 한다는 생각으로 꽉 차 있었다. 온몸은 이미 땀으로 샤워를 한 상태였고, 다리는 거의 풀려 뛰는 건지 걷는 건지 나 자신도 알 수가 없었다.

아무 생각 없이 뛰어가던 중 결승선이 보이기 시작했다. '아, 이제 다 왔구나, 이제 끝난다'라는 생각이 힘들었던 나의 몸과 마음을 가볍게 해주었다. 갑자기 어디서 힘이 나는지 나도 모르게 결승선을 향해 전력 질주를 하기 시작했다. 빨리 이것을 끝내야만 한다는 마음 밖에는 없었다.

결승선을 통과하는 순간 두 팔을 번적 쳐들었다. 나를 보는 사람은 아무도 없었지만, 그때 느낀 환희는 결코 잊지를 못한다. '아 이제 대본을 쓸 수 있겠구나'하는 생각이 들면서 괜히 나도 모르게 미소가 지어졌다.

고통을 극복해내기는 힘에 겹지만 극복한 이후의 순간은 정말 눈부시다. 이것은 경험한 사람만이 알 수 있는 환희의 순간이다. 고통이 나에게 주어졌다고 할지라도 그 이후 눈부신 순간을 생각하면 어떨까 싶다. 비록 힘이 들지만, 그것을 이겨내는 것에 나의 존재의 의미가 있지 않을까 싶다. 눈부신 그 순간을 위해 지금 내가 겪고 있는 고통이 크다고 하더라도 충분히 이겨낼 수 있으리라는 마음으로 결승선만 바라보고 달린다면 언젠가 두 팔 들어 그 환희의 순간을 느낄 수 있지 않을까?

22. 나에게 이르는 길

나의 나됨은 진정한 나에게 이르기 위한 길이 아닐까? 하지만 지금의 나는 나에 대해 얼마나 알고 있고, 진정한 나에게 이르기 위한 제대로 된 길을 가고 있는 것일까? 시간이 다 돼서 더 이상 갈 수 없을 때 최종적으로 내가 도착한 그곳은 어디쯤일까? 그나마 만족할 수 있는 최소한 위안이 될 정도의 장소에 도착한 후 나의 길을 마무리할 수는 있는 것일까?

부지런히 가고는 있는지, 지금 내가 가는 길의 방향이 제대로 된 것인지 가끔은 되돌아보며 생각해 볼 일이다. 잘못 길을 들었다면 이제까지 걸어온 길에 대해 미련 없이 잊어버리고 다시 제대로 된 길을 찾아야만 한다.

얼마나 많이 가느냐가 중요하지는 않다. 제대로 된 길을 가느냐가 중요하다. 나 자신이 걸어가면서 후회하지 않을 그런 길을 가야만 한다. 가는 도중에 나 자신을 발견하고 그 과정 자체가 즐거워야 한다. 가면 갈수록 온전한 나 자신을 완성할 수 있는 그러한 길이어야 한다. 갈수록 내가 파괴되고 무너져내리는 길이라면 다시 길을 찾아야 한다. 나이에 상관없이 모든 것에 상관없이 그러한 결정을 내리는 것이 진정한 나됨에 조금이라도 도움이 될 것이다.

"모든 사람의 삶은 제각기 자기 자신에게로 이르는 길이다. 자기 자신에게로 가는 길의 시도이며 좁은 오솔길을 가리켜 보여준다. 그 누구도 온전히 자기 자신이 되어본 적이 없건만, 누구나 자기 자신이 되려고 애쓴다. 어떤 이들은 결코 인간이 되지 못하고, 개구리나 도마뱀이나 개미로 남아있다. 어떤 이들은 상체는 인간인데 하체는 물고기다. 하지만 누구나 인간이 되라고 던진 자연의 내던짐이다. 그리고 모든 사람의 기원, 그 어머니들은 동일하다. 우리는 모두 같은 심연에서 나왔다. 하지만 깊은 심연에서 밖으로 내던져진 하나의 시도인 인간은 누구나 자신만의 목적지를 향해 나아간다. 우리는 서로를 이해할 수는 있지만, 누구나 오직 자기 자신만을 해석할 수 있을 뿐이다. (데미안, 헤세)"

좁은 오솔길을 걷다가 넓은 길로 가보기도 한다. 어떤 길이 맞을지 모르기에 한 번도 가본 적이 없었기에 그렇다. 삶이란 한 번도 가보지 못한 길을 가는 것의 연속이다. 모든 길을 다 가보고 그러한 경험을 바탕으로 삶을 걸어가는 사람은 아무도 없다. 그렇기에 삶은 무겁고 어렵고 힘들 수밖에 없다. 하지만 그렇기에 삶은 재미있고 도전할 수 있으며 새로운 것들로 가득하다.

온전한 나 자신에 이르기 위한 지름길은 존재하지 않는다. 주위에 있는 사람이 가르쳐 주지도 않는다. 각자의 길은 각자의 책임일 뿐이다. 자신의 진정한 길을 찾기 위해 애써야 하는 이유가 여기에 있다. 그 길을 찾은 것만으로는 부족하다. 끝없이 가며 돌아보고 다시 선택하며 걸어가고 다시 돌아보며 그러한 무한한 반복이 온전한 나 자신에게 이르는 길일 뿐이다. 힘들어할 필요가 없다. 가다가 지치면 그늘에 잠깐 쉬어 가면 될 뿐이다. 오늘도 나는 진정한 나 자신에 이르기 위한 길을 가고 있었던 것일까?

23. 스스로를 치유하는 의사

나를 힘들게 하는 것은 여러 가지가 있을 수 있겠지만, 그 괴로움에서 벗어나는 것은 오로지 내가 해야 할 일이다. 나를 생각해주고 나와 가까운 사람이라고 하더라도 나의 어려움에 대해 위로와 마음을 나누어 줄 수는 있겠지만 나의 모든 괴로운 것을 해결해주지는 않는다.

괴로움은 외부의 요인에 의한 것일 수도 있지만 나 자신에 의한 것일 수도 있다. 외부에서 오는 괴로움은 나의 한계를 넘어서는 경우가 많다. 아무리 노력해도 나 자신이 그러한 외부의 요인을 없앨 수는 없기 때문이다. 그럴 경우 가장 최선의 방법은 그러한 요인과 거리를 멀리 두는 것이다.

문제는 나 자신의 내부에서 오는 괴로움이다. 우리는 때때로 괴로워할 필요도 없는 것으로 스스로를 괴롭히기도 한다. 고민해서 되지도 않는 것을 스스로 더 깊게 고민하며 괴로워한다.

마음이 연약할 경우 다른 이로부터 마음의 상처를 쉽게 받곤한다. 그러한 상처는 잘 아물지도 못해서 나의 일상을 힘들게 하며 괴로운 시간의 연속으로 이어진다. 나 자신은 나의 마음을 괴롭게 하는 타인에 대해 어떻게 할 수는 없다. 그를 어떻게 할 수 없다면 그 문제를 해결하기 위해서는 나 자신의 마음을 스스로 강하게 하는 방법밖에는 없다. 그러지 않을 경우 그토록 괴로워하지 않아도 되는 것을 더 크게 스스로를 괴로움 속으로 몰아넣을 수도 있다.

나의 괴로운 마음을 그 누구도 치유해주지는 않는다. 스스로 의사가 되어서 치유할 수밖에는 없다. 치유하는 의사가 유능할수록 그 괴로움에서 자유로울 수 있다. 즉, 나 자신이 스스로 나를 치유하는 능력 있는 치유자로서 살아가야 할 필요가 있는 것이다.

그 누구에게 가서 나의 마음을 치유받는다고 해서 나의 괴로움이 완전히 치유되는 것은 그리 쉽지가 않다. 왜냐하면 나 자신에 대해 제일 잘 아는 사람은 나 자신이기 때문이다. 아무리 나의 형편에 대해 이야기하고 나누더라고 타인의 보는 나는 그 사람의 나에 불과하다. 그가 보는 나를 그의 방법으로 치유하려 하기에 위로나 위안은 될 수 있을지언정 완전한 치유가 되는 것이 어려울 수밖에 없다.

모든 어려움은 그것을 제일 잘 아는 사람이 해결해야 한다. 이 세상에서 나 자신에 대해 제일 잘 아는 사람은 내가 아닌 다른 사람이 되기는 힘들다. 어떤 한두 가지는 나의 문제를 해결해 줄 수 있겠지만, 나의 모든 것을 해결해 줄 뛰어난 타인은 존재하기 어렵다.

나의 괴로움에서 자유롭기 위해서는 나 자신이 스스로를 잘 치유할 수 있는 나로 성장해야 할 필요가 있다. 모든 괴로움은 나에 의해 해결될 수밖에 없다는 마음으로 그 어떤 괴로움이 나에게 다가와도 내가 해결해야 한다는 마음으로 살아간다면 그리 멀지 않은 날 나 스스로를 완전히 치유할 수 있는 그런 나로 성장할 수 있을 것이다.

24. 판단할수록 멀어진다

오래도록 가까이 지내고 싶은 사람이라 할지라도 그렇게 되지 못하는 경우가 생기곤 한다. 여러 가지 이유가 있겠지만 가장 큰 이유는 그에 대해 나 자신이 판단하기 때문이 아닐까 싶다. 사람이 판단을 하지 않을 수는 없겠지만 그 판단을 오로지 나의 기준으로 하게 된다면 문제가 생기지 않을 수 없다.

판단을 한다는 것은 어쨌든 기준이 있어야 한다. 문제는 그 기준을 나로 삼아 모든 것을 재단하는 것에 있다. 우리 대부분의 경우 나의 기준은 거의 절대적으로 옳다는 무의식에서 살아가고 있다. 자신보다 다른 사람이 더 옳을 수 있다는 생각을 하고 있는 사람은 결코 흔하지가 않다.

우리 각자의 존재는 그 다름에 존재의 의의가 있다. 만약 모든 사람이 같은 존재라면 그렇게 많은 사람들이 이 지구상에 살아가야 할 필요가 없다. 모든 사람이 각각 다르기에 그 자리에서 그렇게 살아가고 있는 것이다. 각자가 다르기에 각기 다른 자신만의 세계 속에서 개성을 가지고 살아가고 있을 뿐이다.

인간의 욕심은 한이 없어서 나와 가까운 사람일수록 나와 비슷하기를 원한다. 나의 생각과 비슷하기를 바라고, 내가 바라는 대로 해주기를 소원한다.

그렇기에 나와 가까운 사람이 나와 다르다는 것을 쉽게 받아들이지 못한다. 가까운 사람일수록 나와 비슷하기를 원할 뿐이다. 나의 기준으로 판단하면 할수록 그는 점점 나와 거리가 멀어지게 될 수밖에 없다. 그를 판단한다는 것은 그와 나를 분별한다는 것이고 이는 나의 기준에 입각하기 때문에 시간이 갈수록 점점 나와 다른 그를 받아들이지 못하게 된다.

판단을 하지 않을수록 타인을 그냥 있는 그대로 포용할 수 있게 된다. 나의 능력이 부족해서 판단을 하지 않는 것이 아니라 나 자신이 성숙하기에, 나의 능력이 전보다 너 나아졌기에 그러한 판단을 하지 않게 되는 것이다.

타인의 잘못을 찾아내고 그의 잘못을 문제 삼게 된다면 그와의 좋은 관계는 그리 희망적이지 못할 수 있다. 점점 그러한 일이 반복되어 더 이상 서로의 다름을 인정하기 못하기에 존재로서의 의미를 상실하게 되기 때문이다.

그가 나와 같기를 바라는 것, 그가 나의 생각과 똑같기를 소원하는 것보다 그는 그대로, 나는 나대로, 있는 그대로 존중하는 것이 훨씬 어렵다. 하지만 그러한 판단 없는 관계가 더 소중한 순간을 오래도록 유지될 수 있게 해주는 것이 아닐까 싶다.

판단보다는 포용이 타인을 더 가까운 관계로 오래도록 유지할 수 있게 해주는 것 같다는 생각이 든다. 판단은 타인과 점점 멀어지게만 할 뿐이다.

25. 배티 성지

배티 성당

춘천에 다녀오는 길에 배티 성지에 잠깐 들렀다. 배티 성지는 1801년 이후 계속되는 천주교 박해로 인해 이 지역 신자들이 숨어서 신앙을 지켜온 곳이다. 이곳 성당 옆에는 최양업 신부 박물관도 소재하고 있다.

당시 박해를 피하기 위해서는 당연히 사람들이 다니기 힘든 오지 산골로 숨어야만 했을 것이다. 이곳 배티 성지는 고속도로 톨게이트에서 나와 거의 50분 이상을 들어가야 한다. 현재 우리나라에서 톨게이트에서 한 시간 가까이 가야 도달할 수 있는 곳은 그리 흔하지 않다. 그만큼 이곳은 현재나 예전이나 사방에서 도달하기 힘든 곳이라는 뜻이다. 산이 그리 높지는 않으나 배티 성지 주위는 사방이 산으로 둘러싸여 있어 어디서 오건 산을 넘지 않을 수 없는 곳이니 당시 천주교 신자들이 얼마나 힘들게 신앙을 지켜왔는지 지리적 요건만 보더라도 짐작할 수 있었다.

최양업 박물관에는 신학생 시절부터 선종까지 그가 걸어온 신앙의 흔적을 보여주고 있다. 당시 배티마을에는 조선교구 신학교가 있었고, 여기서 그는 신학생들을 지도하였고, 천주교 신자들의 비밀 교우촌을 다니며 사목 생활을 하였다. 박물관 내부에서 그의 남겨진 유물을 볼 수 있고 삶의 험난했던 과정들을 느낄 수 있었다. 박물관 한쪽에는 기념품 가게도 있었다. 최양업 신부 생각을 하며 마리아상과 예수님 초상화 하나를 샀다. 기념품을 파는 곳에는 일하는 사람이 아무도 없었다. 그냥 현금을 봉헌함에 넣거나 계좌 이체를 하고 원하는 물건을 사가게 되어 있었다. 같이 기념품을 고르던 아주머니가 내가 고른 마리아상을 보더니 예쁜 것을 골랐다고 하시면서 마리아상을 그냥 들고 가면 깨질 수도 있다고 직접 에어캡으로 잘 포장을 해주셨다. 생전 처음 보는 사람을 위해 포장까지 해주시니 너무나 고마웠다. 기념품 가게에는 포장지, 에어캡, 종이가방까지 있어서 사가는 사람이 알아서 포장도 하고 돈도 알아서 내는 시스템이었다. 서로를 믿는 이러한 분위기에 가슴이 따뜻해졌다.

성당 내부

성당 옆에 위치한 최양업 신부 박물관부터 들렀다. 최양업은 김대건 신부를 이어 우리나라 두 번째 신부가 된 분이다. 그의 아버지와 어머니는 1839년 기해박해 당시 순교하였다. 1836년 그의 나이 당시 15세 때 피에르 모방 신부에 의해 신학생으로 선발되어 김대건, 최방제와 더불어 마카오로 신학 공부를 위해 떠났다. 1844년 부제 서품을 받았고, 1849년 사제 서품을 받았다. 신학 공부를 마친 후 귀국하려고 하였으나 입국을 금지당해 외국에서 사목을 하다 1850년 비밀리에 귀국한다. 이어 진천군 배티를 중심으로 충청도, 전라도, 경상도 등 넓은 지역을 걸어 다니며 천주교인을 위해 사목 생활을 하였다. 12년 동안 걸어 다니며 수많은 지역을 위해 봉사하다 1861년 과로와 장티푸스에 의해 선종하였다. 그가 일년 동안 걸어 다녔던 거리는 약 2,800km 정도였다고 한다.

최양업 신부 박물관

최양업 박물관에는 신학생 시절부터 선종까지 그가 걸어온 신앙의 흔적을 보여주고 있다. 당시 배티마을에는 조선교구 신학교가 있었고, 여기서 그는 신학생들을 지도하였고, 천주교 신자들의 비밀 교우촌을 다니며 사목 생활을 하였다. 박물관 내부에서 그의 남겨진 유물을 볼 수 있고 삶의 험난했던 과정들을 느낄 수 있었다. 박물관 한쪽에는 기념품 가게도 있었다. 최양업 신부 생각을 하며 마리아상과 예수님 초상화 하나를 샀다. 기념품을 파는 곳에는 일하는 사람이 아무도 없었다. 그냥 현금을 봉헌함에 넣거나 계좌 이체를 하고 원하는 물건을 사가게 되어 있었다. 같이 기념품을 고르던 아주머니가 내가 고른 마리아상을 보더니 예쁜 것을 골랐다고 하시면서 마리아상을 그냥 들고 가면 깨질 수도 있다고 직접 에어캡으로 잘 포장을 해주셨다. 생전 처음 보는 사람을 위해 포장까지 해주시니 너무나 고마웠다. 기념품 가게에는 포장지, 에어캡, 종이가방까지 있어서 사가는 사람이 알아서 포장도 하고 돈도 알아서 내는 시스템이었다. 서로를 믿는 이러한 분위기에 가슴이 따뜻해졌다.

'배티'란 '배나무 고개'를 뜻한다고 한다. 충북 진천에서 경기도 안성으로 가는 산 주위에 돌배나무가 많아 마을 이름 또한 배티 마을이었다. 당시 이 지역은 여러 지역과 연결되면서도 깊은 산골에 위치하고 있어 1830년 대부터 교우촌이 형성되기 시작하였다고 한다. 1850년 배티 교우촌 안에 조선 최초의 신학교가 설립되었고 최양업 신부 등이 여기서 신학생들을 키워냈다. 이곳을 기념하기 위해 현재 배티 성지에는 2층 규모의 고딕 양식 기념 성당이 건립되어 있다. 성당 주위로는 순례자의 길도 조성되어 있다.

1801년 신유박해, 1839년 기해박해, 1846년 병오박해, 1866년 병인박해에 이르기까지 이 근처에서 신앙생활을 하던 수많은 천주교 신자들이 죽어 나갔다. 자신의 종교마저 마음대로 믿을 수 없다는 것은 진정한 인간다운 삶은 아닐 것이다. 이것은 국가의 권력남용으로 반복되어서는 안 될 역사적 오점이다. 이러한 역사의 잘못이 계속되어서는 안 되기에 보다 많은 사람들과 후손들에게 알릴 필요가 있다. 기회가 된다면 이러한 영화나 드라마를 만들어 어두웠던 시대, 빛처럼 살다가 세상을 떠난 그분들의 영혼을 조금이라도 위로해 주고 싶다.

26. 불완전한 삶

나름대로 최선을 다하지만 좋은 결과를 만들어내지 못하기도 한다. 마음속 깊이 사랑하지만 관계가 어긋나기도 한다. 삶은 그래서 불완전하다. 사람은 완전하지 않기에 원하지 않는 그러한 길을 갈 수밖에 없는 것이 인간의 참모습일지 모른다.

자신이 흠이 별로 없다고 생각하거나 자신의 생각대로 해야 하는 것이 옳다고 하여 주저 없이 행동을 하는 경우 더욱 불완전한 삶의 길을 가게 될지도 모른다.

이 세상에 완전함이란 존재하지 않는다. 그럼에도 불구하고 우리는 완전함을 추구하곤 한다. 이루어질 수 없는 그 완전함을 위해 소중함을 잃거나 진실함을 잊거나 다시 돌아오지 않을 시간을 소모하곤 한다.

나 자신 불완전함을 알았다면 더 의미 있는 시간들을 보냈을지도 모른다. 완전함을 추구하지 않았더라면 더 즐겁고 행복한 시간들을 누렸을지도 모른다.

최선을 다해 살아가더라도 원하지 않는 인생의 결과들이 나타나는 현실에서 우리는 왜 삶의 불완전함을 잘 받아들이지 못하는 것일까?

타인의 불완전함을 받아들이지 못하기에 그와 다투며 좋았던 관계마저 아예 잃어버리기도 한다. 나 자신 완전하지 않기에 타인 또한 완전하지 않음이 당연한 것인데, 어째서 나와 같은 생각을 하기를 기대하고, 내가 바라는 대로 행동하기를 바랐던 것일까? 그것은 아마 욕심을 넘어서는 독단과 아집이었는지도 모른다.

나의 불완전함을 받아들이고 타인의 불완전함도 받아들였다면 그 공간의 여백이 숱한 불완전함을 포용하고도 남았을 텐데 왜 그런 선택을 하지 못했던 것일까?

타인이 완전하기를 바랐기에 그 소중한 순간들을 잃어버리게 되고, 나 자신이 완전하기를 기대하기에, 아름다울 수 있는 순간들을 누리지 못했던 것 같다.

이제는 앞으로 내가 진정으로 사랑하는 이의 완전함을 기대하지 않으려 한다. 그가 어떤 일을 하건 그저 지켜보고 받아들이려 한다. 그 모습이 어떠하건 인정해 주려 한다. 어떤 기대함 없이 그냥 응원하려고 한다.

삶은 불완전하지만, 이제는 그러한 삶을 사랑하려고 한다. 불완전한 타인을 사랑하고, 불완전한 나 자신을 사랑하고 싶다. 그것이 불완전한 인생에서의 가장 완전한 답이 될 것 같다는 생각이 든다.

27. 거북이와 달팽이

아이들이 어렸을 때 무엇을 해주면 좋을까 많이 생각하곤 했다. 즐겁고 행복할 수 있는 것이 어떤 것일까 고민하던 중, 금붕어나 조그만 동물들을 키우게 해주면 좋아할 것 같았다. 어떤 동물을 제일 먼저 사다 주었는지는 잘 기억이 나진 않는다. 마침 집에서 큰길을 건너면 금붕어하고 조그만 동물들을 파는 가게가 있었다. 지하철역 바로 옆이라 들르기도 편했다. 며칠 동안 퇴근하는 길에 그 가게에 들러 이것저것 구경을 했다. 가게 사장님하고도 이런저런 이야기를 하면서 친해졌다. 그리고 어느 날 퇴근하는 길에 동물을 하나 사다가 아이들에게 주었더니 너무나 좋아하는 것이었다. 아이들이 기뻐하는 그 모습을 보며 나 자신도 많이 행복했었다.

시간이 날 때마다 동물을 지켜보며 먹이를 주고 신기하게 바라보는 아이들의 순수한 모습에 나도 모르게 다른 동물도 사다 주곤 했다. 그렇게 하나씩 늘어나는 바람에 우리 집 거실은 결국 동물들로 꽉 차버리고 말았다.

한번은 새끼 거북 두 마리를 사다 주었는데 아이들이 지극정성으로 돌보는 바람에 몇 년 동안 키웠던 적이 있었다. 내 손가락으로 두 마디도 안 되는 정말 작은 거북이였는데 나중에는 30~40cm도 넘는 집에서는 키우기도 힘들 정도의 대왕 거북이가 되어버렸다. 일반 크기의 어항에다 넣어서 키웠는데 거북이가 너무 크는 바람에 대형 어항을 사다 키울 수밖에 없었다.

어느날 퇴근하고 났더니 아이들이 어항 안에 이상한 것이 있다고 해서 살펴보았다. 그건 바로 거북이 알이었다. 하얗고 조금은 길쭉한 거북이알 수십 개가 어항 곳곳에 널려 있었다. 하지만 내가 너무 늦게 퇴근하는 바람에 그 알들을 지켜줄 수 없었다. 어항 안에는 돌멩이도 많았는데, 어미 거북이 돌아다니면서 그 알들을 이리저리 치는 바람에 반 이상이 이미 깨져 있었다. 급하게 아직 깨지지 않은 알을 어항 구석 한쪽으로 몰아 놓았다. 가만히 알을 살펴보니 새끼가 나오기는 힘들 것 같아 보였다. 하지만 그런 말을 아이들에게 해줄 수가 없었다. 혹시나 알에서 새끼 거북이가 나올지도 모른다고 생각하는 아이들에게 실망을 줄 수가 없었다. 어느 정도의 시간이 지났지만, 수십 개의 거북이 알에서 결국 한 마리의 새끼도 태어나지는 않았다. 만약 그 알에서 새끼 거북이 태어났더라면 얼마나 좋았을까? 거북이도 좋고 아이들도 정말 많이 기뻐했을 것이다.

달팽이의 경우에는 새끼를 얻는 데 성공할 수 있었다. 아주 큰 대왕 달팽이 몇 마리를 키웠는데, 자웅동체의 달팽이의 신기한 모습에 아이들은 넋을 잃곤 했다. 대여섯 마리의 달팽이를 어항에 흙을 넣어 키웠다. 어느 날 퇴근하고 집에 와 보니 어항 구석에 이상한 것이 있다고 아이들이 말하는 것이었다. 너무나 궁금해서 어항 구석을 살펴보았는데 하얀 좁쌀 같은 것이 수십 개 아니 백 개 이상 쌓여 있었다. 나도 생전 처음 보는 것이라 도저히 알 수가 없었다. 아이들이 달팽이 알이 아니냐고 물어보는 순간 달팽이 알이 맞을 것 같다는 생각을 했다. 바로 인터넷을 찾아보니 정말 달팽이 알이었다. 달팽이가 알을 백 개 정도나 낳아 놓은 것이었다. 알의 크기는 좁쌀 정도였다. 며칠이 지나자 어항 곳곳에 정말 작은 새끼 달팽이가 태어났다. 그 모습에 사실 나 자신도 넋을 잃어버렸다. 집에서 키운 달팽이가 알을 낳아 새끼까지 태어나는지, 사실 아이들에게 달팽이를 사다 주었을 때는 전혀 예상을 하지 못했었다. 아이들은 자기네 반 친구들에게 분양해 주겠다며 몇 마리씩 가지고 학교에 갔다.

사실 나는 너무 정신없이 사는 바람에 아이들에게 직접 좋은 추억을 만들어주지는 못했다. 예전에는 일주일에 25학점 이상을 가르친 적도 많았다. 하루에 8시간 강의를 한 적도 있었다. 아침 9시부터 저녁 5시까지 점심시간도 없이 내리 8시간 수업을 하고 집으로 오면 말하는 것조차 힘이 들었다. 집에 돌아오면 너무 피곤해 바로 누워버리곤 했다. 일주일에 매일 수업이 있었다. 한 학기에 500~600명을 가르친 적도 많았다. 당시에는 그렇게 할 수밖에 없었다. 다른 선택이 나에게는 주어지지 않았기 때문이었다. 선택을 할 수 없는 삶이란 어쩌면 슬픈 것이다. 내가 좀 더 선택을 할 수 있는 여유가 있었더라면 좋았을 것이라는 생각이 든다.

이제는 아이들이 다 컸고 더 이상 동물을 기르지도 않는다. 내가 아이들에게 만들어주지 못한 추억을 아마 조그만 동물들은 만들어주었을 것이다. 그 아름다운 추억이 아이들의 마음속에 영원히 남아있기를 기원할 뿐이다.

28. 아빠 리프트

나는 스키를 탈 줄 모른다. 젊었을 때 스키장에서 몇 시간 정도 렌트를 해서 한두 번 타본 것이 전부이다. 그때 너무 많이 넘어져 고생을 하기도 했고, 그 이후 경제적으로 어려워 스키장엘 갈 엄두도 내지 못했다. 시간이 지나 자리를 잡고 조금은 여유가 생겼을 때 나는 비록 스키를 배우지는 못했지만, 아이들에게는 스키를 가르쳐 주고 싶었다. 한겨울 눈 쌓인 스키장에서 유유히 스키를 타며 내려오는 모습을 보면 부럽기도 하고, 아이들이 겨울 스포츠로 그런 것을 즐기면 좋을 것 같았다.

몇 년도였는지 잘 기억은 나지 않는다. 아마 아이들이 10살 안팎이었을 것이다. 막내는 초등학교도 들어가기 전이었던 것 같다. 온 식구를 데리고 한겨울 스키장엘 갔다. 근처 리조트에 2박 3일로 예약을 하고 아침 일찍 아이들에게 스키를 렌트해 주었다. 아빠도 같이 타자고 아이들이 졸랐지만, 나는 이미 스키 배우기에는 너무 늦었다는 핑계로 구경만 하겠다고 했다. 사실 예전의 경험 때문에 스키가 무섭기도 했고, 나이가 들어 유연성이 떨어져 배우기도 힘들 것 같았다. 게다가 온 식구가 스키를 타다 보면 심부름해야 할 사람도 필요할 것 같았고, 돈도 아끼면 좋을 것 같았다.

휴게실에 앉아 창문으로 아이들이 스키를 배우는 모습을 지켜보았다. 큰 애는 어느 정도 커서 그런지 어렵지 않게 스키를 배우는 것 같았다. 몇 번 넘어지고 그러더니 제법 스키를 타는 것이었다. 둘째와 셋째는 아직 어리고 몸도 작아 아무래도 힘에 부쳐 보였다. 한참 시간이 지나자 아이들이 조금은 지쳐 보였다. 핫코코아를 사서 휴게소 밖으로 나가 아이들을 불렀다. 따뜻한 것을 먹이고 났더니, 큰 애가 이제 자신은 스키 잘 탈 수 있을 것 같다고 하면서 리프트를 타고 올라가 위에서부터 내려오고 싶다고 했다. 초급 코스 리프트를 끊어서 아내와 큰 애를 올려보냈다. 둘째와 셋째는 아직 어려 둘이 스키를 타기에는 너무 힘들어 내가 옆에서 지켜보면서 타기로 했다. 나는 운동화를 신고 아이들 옆을 쫓아다니며 넘어지면 일으켜주고 다시 넘어지면 또다시 손을 잡아 일으켜주곤 했다.

그렇게 한두 시간이 지나니 둘째와 셋째도 넘어지지 않고 제법 흉내를 내며 타기 시작했다. 큰애와 아내가 리프트를 타고 꼭대기에서 내려오는 모습을 보더니 너무나 부러워하는 것이었다. 하지만 아직은 리프트를 타기에는 힘들 것 같았다. 아직은 초급 코스에서 스키를 타고 내려올 정도가 아닌 것 같고, 혹시 사고라도 나면 안 될 것 같았다. 그래도 자꾸 둘째와 셋째가 자꾸 큰애가 리프트 타는 것을 쳐다보기에 안 되겠다 싶어 내가 그냥 리프트가 되어 주기로 했다.

초급 코스 옆에 스키를 처음 배우는 사람들의 연습을 위한 야트막한 언덕이 있었는데, 길이가 제법 길어 100미터 정도는 되어 보였다. 경사도도 너무 크지 않아 꼭대기에서부터 타고 내려오면 제법 재미있게 놀 수 있을 것 같았다. 하지만 그 언덕에는 리프트가 없어서 본인들이 직접 걸어 올라가서 타고 내려와야 했다. 하지만 아이들이 걸어 올라가기에는 너무 힘에 벅차 보였다. 그래서 아예 내가 아이들 둘을 직접 꼭대기까지 끌고 올라가서 아이들이 슬로프를 타고 내려오면 다시 내가 아이들을 끌고 올라가서 태우면 좋을 것 같았다.

그렇게 몇 번을 타고 나더니 둘째와 셋째가 큰애 쪽을 쳐다보지도 않고 재미있게 타는 것이었다. 그렇게 아이들이 내려오면 다시 끌고 올라가서 내려오고, 다시 끌고 올라가서 내려오게 해주었다. 그러더니 아이들이 내가 끌고 올라갈 때마다 '아빠 리프트, 아빠 리프트'라고 하며 너무나 즐거워하는 것이었다.

그날 하루종일 나는 아빠 리프트가 되어 그 언덕을 수십 번 아이들을 끌고 올라갔던 것 같다. 그런데 이상한 것은 그 언덕을 그렇게 많이 올라갔어도 나 또한 힘들지 않고 너무나 즐거웠던 것이다. 물론 나중에는 체력이 바닥이 나서 조금은 힘들고 피곤하기는 했지만, 그 피로를 그리 많이 느끼지는 못했다.

아빠 리프트는 그다음 날에도 계속되었다. 그러는 사이 둘째와 셋째도 제법 스키 실력이 늘어났다. 사실 그날은 오후가 아닌 오전부터 아빠 리프트를 하느라 오후에 가서는 내 체력이 바닥이

나는 것을 느끼기 시작했다. 하지만 그러는 사이 둘째와 셋째도 이제는 초급 코스의 리프트를 타도 될 실력이 되었다. 매표소에 가서 둘째와 셋째를 위해 초급 코스 리프트를 끊어 아내와 아이 셋을 모두 초급 코스로 올려보냈다. 그리고 나는 다시 휴게소에서 커피를 마시며 아이들이 스키 타는 모습을 지켜보았다. 그 많은 스키 타는 사람 중에 오직 우리 가족이 어디에 있는지만 눈을 크게 뜨고 찾으며 그렇게 하루를 보냈다. 하루종일 스키를 타도 지치지 않는 아이들의 모습에서 나는 행복을 느꼈다. 그 모습을 보며 나중에 커서 친구들이나 다른 사람들하고 스키장에 와서 유유히 코스를 즐기며 탈 수 있을 것이라는 생각이 들었다.

나는 아직도 스키를 타지 못한다. 스키장에 가지도 않는다. 내 인생에서 스키에 대한 추억은 '아빠 리프트'가 전부이다. 하지만 그것이 나에게는 눈오는 추운 겨울의 가장 아름다운 추억이다. 아이들을 끌고 아빠 리프트가 되어 그 언덕을 올라가던 그 시간들이 나에게는 가장 행복했던 순간 중의 하나로 영원히 남아있을 것 같다.

29. 사랑에는 이유가 없다

그저 존재함으로 충분하다. 어떠한 것도 묻지 않은 채 있는 그대로 존중하여야 한다. 진정한 사랑이 어떤 것인지 몰랐기에 생각하고 욕심내고 이유를 따지곤 했다. 이제는 더 이상 그러한 것이 필요 없음을 안다.

진정한 사랑에는 이유가 없다. 어떠한 모습이건, 어떠한 경우이건, 그저 지금 그대로의 모습을 온전히 받아들여야 한다. 나의 관점에서만 사랑을 생각하기에 이유에 집착하고 나의 욕심대로 되어가기를 바라는 것이다. 진정으로 응원을 한다면 어떠한 경우에도 그의 편이 되어야만 한다.

지나온 것을 생각하면 후회와 아쉬움으로 가득할 뿐이다. 몰랐기 때문이다. 몰라도 너무 몰랐기 때문이다. 그것으로 인해 많은 것을 잃었다. 무지는 그래서 무섭다. 깨달아 알아야 했는데 그러지를 못했다. 어렴풋이 알고는 있었지만 행함에 이르지 못하는 부족함이 있었다.

알면서도 행하지 못함의 이유는 어디에 있는 것일까? 그것은 오로지 나 자신의 약함에서 비롯되었을 뿐이다. 모든 것이 자신의 책임일 수밖에 없다. 다른 사람이나 환경을 탓하는 것은 비겁

하다는 것을 증명할 뿐이다.

사랑은 나 자신의 관점에서 비롯되면 안 된다. 진정한 사랑은 나의 세계에서 이루어지는 것이 아니다. 나를 벗어나 모든 것을 아우를 수 있는 것이 진정한 사랑이 아닐까 싶다.

이제부터라도 그러한 사랑의 시간들로 채워나가기를 희망한다. 과거의 나를 벗어버리고 아무런 이유도 묻지 않고, 있는 그대로 모든 것을 받아들이는, 존재 그 자체로도 충분한 참된 사랑으로 남겨진 시간들을 채워가려고 한다.

30. 그냥 바라보기

대학교 1학년 때, 친구들과 함께 혜화동 대학로에 간 적이 있었습니다. 생전 처음 소극장에서 연극을 관람했습니다. 제목이 무엇이었는지는 기억이 나지 않습니다. 혼신의 힘을 다해서 연기하는 모습에 너무나도 좋은 느낌을 받았습니다. 연기를 위해 자신의 에너지를 모두 쏟아내는 그 모습이 마음에 와닿았습니다.

객석에 앉아있던 저는 연극이 끝난 후 오래도록 박수를 쳤습니다. 배우들이 모두 나와 한 명씩 인사를 하였는데 그들의 표정에서 어떤 만족감과 성취감을 느낄 수 있었습니다. 배우들은 그들이 해야 하는 일을 열심히 하였고, 저는 제가 할 일을 열심히 한 것 같습니다. 물론 제가 한 일은 그저 연극을 보고 끝난 후 박수를 치는 것이 전부였습니다.

살아가다 보면 그냥 바라보는 것만으로도 충분한 것들이 많은 것 같습니다. 강가에 서서 물이 흘러가는 것을 바라보듯, 그렇게 제 주위의 많은 일들에도 제 자신이 직접 관여하거나 간섭하지 않고 그저 바라보는 것이 더 아름다운 경우가 많다는 것을 느낍니다.

요즈음에는 부모님이 하시는 모든 것을 그냥 다 받아들이고 바라만 보곤 합니다. 예전에는 부모님이 하시는 일에 자식으로서 신경 쓴다는 이유로 이런저런 이야기도 하고 그분들의 삶에 끼어들기도 했습니다. 하지만 지금은 그저 하고 싶은 것 하시게 내버려 두고, 부모님 주위의 일상생활에서 일어나는 모든 일들도 그냥 바라만 보곤 합니다. 어떻게 보면 비합리적인 것도 있고, 더 나은 선택도 있지만, 이제는 그냥 부모님의 선택대로 저는 따르기만 합니다.

아이들에게도 그렇게 하려고 합니다. 예전에는 아이들을 위한 길이라는 핑계로 제 자신의 욕심에 따라 아이들에게 간섭하고 관여하고, 때로는 혼내기도 하였습니다. 아이들의 뜻은 생각하지 않고 제 자신의 판단대로 억지를 부리기도 하였습니다. 이제는 그러지 않으려고 합니다. 아이들의 인생의 주인공은 그들 자신이기에 저는 이제 객석에 조용히 앉자 그들이 하는 것들을 지켜보는 것으로 만족하려고 합니다.

연극을 보다 객석에 있던 제가 배우들의 연기 도중에 앞으로 나가 그들을 간섭한다면 그 연극은 아마 엉망진창이 될 것입니다. 아무리 저의 생각이 있고, 경험이 있다손 치더라도, 자신의 열정을 다해 최선을 다하는 배우에게 제가 나서서 이래라저래라 한다면 오히려 우스운 꼴밖에는 되지 않을 것입니다.

연기를 잘하건 못하건, 연극이 재미가 있건 없건, 그것은 중요한 것이 아닌 것 같습니다. 그들 자신이 주인공이 되어 연기하는 그 자체가 훨씬 중요하다는 생각을 합니다. 비록 주인공이 아닌

조연이나 엑스트라라 할지라도 그 무대는 배우들의 무대일 뿐 저의 무대는 아니라는 생각이 듭니다. 제가 할 수 있는 최선은 연극이 끝난 후 손바닥이 아프도록 박수를 치는 것이 전부인 것 같습니다.

제 주위에 있는 좋은 사람들에게도 그렇게 하려고 합니다. 그동안 살아오면서 좋은 사람들을 많이 만났습니다. 일부는 소식이 끊기기도 했지만, 지금도 좋은 관계를 유지하고 있는 사람들도 많습니다. 그들과 오래도록 함께 하기 위해서라도 그들의 모습을 지켜보며 응원만 하려고 합니다. 아무리 친한 친구라 할지라도 그들에게 이래라저래라 하고, 이것이 더 좋고 저것은 안 좋다는, 제 자신의 의견은 오히려 그들과의 좋은 관계를 멀어지게 만들고 말 것입니다. 있는 모습 그대로 지켜보며, 힘들 때 격려해주고, 잘 되었을 때 진심 어린 박수를 쳐주는 것이 저의 할 일이 아닐까 싶습니다.

제 자신의 삶도 이제는 조금씩 한 발자국 뒤로 물러나서 지켜보며 살아가려 합니다. 너무 과한 목표나 너무 거창한 계획을 세워 살아가기보다는 지나온 시간을 돌아보고 앞으로 다가올 시간을 살피면서, 보다 여유로운 마음으로 제 자신의 삶을 지켜볼 수 있는 마음을 가지려고 합니다.

모든 것에서 주인공이 되려고 했던 저의 욕심이 옳지 않다는 것을 이제는 압니다. 비록 주인공이 아니고, 조연도 아닌, 객석에서 바라만 보는 관객이라 할지라도 오히려 그것이 모든 것을 더욱 아름답게 만들 수 있는 것이라는 사실을 알게 되었습니다. 지켜만 보는 것만으로도 어쩌면 행복한 기회가 주어진 것인지도 모릅니다.

31. 평범하지만 특별하다

오래전에 시카고에서 출발해 캘리포니아까지 가야 했던 적이 있었습니다. 70번을 타고 로키산맥을 넘었을 때 너무 힘들었던 경험이 있어서 북쪽 루트인 80번을 택했습니다. 아이오와를 지나 네브래스카에서 하룻밤을 자고 다음 날 오후쯤에 와이오밍을 지날 때였습니다. 와이오밍과 몬태나 그리고 아이다호는 사람들이 많이 살지 않는 곳으로 유명합니다. 와이오밍의 경우, 면적은 남북한 합친 것보다 넓지만, 인구는 고작 50만 명 정도에 불과합니다. 한반도보다 넓은 면적에 청주보다 적은 인구가 살고 있다는 뜻입니다.

운전을 하며 고속도로를 달릴 때 산들이 점점 사라지면서 평원이 나타나기 시작했습니다. 분명 해발고도는 높은데 산들이 드문 것으로 보아 아마 고원 비슷한 것이 아니었나 싶습니다. 와이오밍 북쪽에 옐로우스톤이 있으니 해발이 결코 낮을 리는 없을 것이기 때문입니다. 운전을 하며 주위를 둘러보니 경치는 별반 특별한 것이 없었습니다. 지나온 산들도 그저 평범했고, 달리고 있는 고속도로 주변의 평지도 특별한 것도 없이 일상에서 자주 보는 모습이었습니다.

어느 정도 달리다 보니 눈앞에 지평선이 보이기 시작했습니다. 일자로 쭉 뻗은 고속도로에는 차들도 별로 다니지 않았고, 주변에 사람들이 사는 동네도 없었고, 심지어 집 한 채도 볼 수가 없었습니다.

백미러로 뒤를 보니 제 차를 따라오는 차들도 거의 없었습니다. 고작 한두 대 정도에 불과했습니다. 마주 오는 차선에서 달리는 차들도 거의 없었습니다. 그렇게 20~30분 정도를 아무 생각 없이 운전을 하였습니다. 그러다 갑자기 이상한 생각이 들어 앞을 보니 앞에도 지평선이 보였고 뒤로도 지평선이 보였습니다. 그런데 더욱 놀라운 것은 일자로 쭉 뻗은 고속도로에서 제 앞에 자동차가 한 대도 없는 것이었습니다. 뿐만 아니라 백미러로 뒤를 보았는데 제 차 뒤에도 자동차가 한 대도 따라오지 않는 것이었습니다.

너무나 깜짝 놀라 다시 주위를 살펴보니 분명 저는 고속도로 위에서 운전을 하고 있는데, 사방 제 주위로 아무것도 없는 것이었습니다. 하늘과 땅, 그리고 고속도로 위에서 운전하는 저밖에는 그 어떤 것도 없었습니다. 갑자기 두렵기도 하고 이상하기도 하고 신비하기도 한 느낌이 가슴으로 밀려 들어왔습니다. 하늘과 땅과 나밖에 없는 공간이 있다니 생전 처음으로 느껴보는 정말 신비한 경험이었습니다.

그렇게 몇 분이 지나자 저 멀리 교차로에서 자동차 한 대가 나타났습니다. 그리고 다른 차들도 서서히 나타나며 그 특별했던 공간과 시간은 사라져버리고 말았습니다.

어떻게 보면 그 시공간은 별반 특별한 것 없는 평범했던 것일 수 있습니다. 하늘은 어디에나 있고 땅도 그렇고 지평선이 있는 평원도 찾아보면 많을 것입니다. 잠시 아주 작은 확률의 순간이 저에게 다가왔을 뿐입니다.

어제는 새벽에 일찍 일어나 한 시간 정도 조깅을 한 후, 아침을 먹고 오전에 해야 할 일을 하고, 점심을 먹고 다시 해야 할 일을 하고, 저녁을 먹고 조금 쉬면서 티비를 보다가 다시 할 일을 하고 12시쯤 잠이 들었습니다. 오늘도 어제와 별반 다를 것 없는 생활을 하게 될 것입니다. 저는 현재 지극히 평범한 삶을 살아가고 있을 뿐입니다. 하지만 오늘이 지나고 나면 아무리 원한다고 하더라도 제가 보낸 오늘은 다시 돌아오지 않을 것입니다.

우리 아이들도 지극히 평범합니다. 그 나이 다른 젊은이들 같이 생활을 하고 나름대로 꿈을 키우며 그 꿈을 이루기 위해 평범하게 살아가고 있습니다. 저의 부모님도 마찬가지로 지극히 평범합니다. 이제 연세가 많아 운동도 하지 못하고, 그저 삼시세끼 식사를 하고 티비를 보며 잠을 주무시는 것 외엔 다른 일을 하지는 않으십니다.

제가 하는 일 또한 지극히 평범합니다. 특별할 것이 없습니다. 매일 하는 일이 어제나 오늘이나 내일 같은 것일 뿐입니다. 개학을 하면 매년 가르쳤던 과목을 다시 똑같이 가르치게 될 것입니다. 그렇게 16년을 매 학기 가르쳐왔습니다. 특별한 것 없는 수업을 그저 평범하게 학생들에게 수업을 해오고 있을 뿐입니다.

예전에는 그 평범함을 당연하게 생각해 왔습니다. 하지만 요즈음엔 그러한 평범함이 너무 특별하게 느껴집니다. 나이가 들어서 그런 것일까요? 아니면 세상을 보는 눈이 조금씩 달라져 가고 있어서 그런 것일까요? 그동안은 저에게 주어진 평범함이 소중한 것인지를 왜 몰랐던 것일까요?

와이오밍의 산과 평원, 고속도로 그리고 제가 타고 가던 자동차는 어쩌면 지극히 평범했을 뿐입니다. 그리고 그러한 평범함 속에 존재하는 특별한 시공간은 언제 어디서나 존재하고 있습니다. 사람들이 많이 살지 않는 시공간에 살고 있는 사람들이 도시로 와서 보게 된다면 그들에게는 수많은 사람들이 다니는 우리가 지금 살고 있는 시공간이 아주 특별하게 느껴질 것입니다. 그들이 사는 시공간은 사람이 별로 없는 하늘과 땅과 지평선을 언제나 볼 수 있는 곳이 평범한 곳일 테니까요.

그 어떤 공간과 시간도 평범하지만 특별할 수 있습니다. 내가 만나는 사람도 마찬가지일 것입니다. 예전에는 그러한 것을 잘 인식하지 못했습니다. 당연히 저에게 주어지는 것이라 생각했습니다. 현재 저에게 주어진 것이 평범해 보여도 정말 특별한 것이라는 사실을 깨닫지 못했습니다.

지금 제가 존재하는 시공간은 평범할지 모르나 이제 저에게는 특별합니다. 제가 사랑하는 가족들이 지극히 평범할지 모르나 저에게는 너무나 소중하고 특별합니다. 지금 제가 만나는 사람들이 평범할지 모르나 저에게는 특별합니다. 제가 하는 일이 비록 평범할지 모르나 특별합니다.

저에게 현재 주어진 그 모든 것은 평범할지 모르나 지극히 소중하고 특별합니다.

32. 꺾여지는 인생

살아가다 보면 육체적으로나 정신적으로 커다란 일을 경험하게 되면서 우리의 인생은 크게 꺾여질 수도 있다. 위기의 순간, 나에게 가장 소중했던 것을 잃기도 하며, 감당하지 못할 삶의 무게가 짓누르기도 한다. 좌절과 고통이라는 어둠 속에 갇히기도 하고, 지나온 길에 대한 회의로 인해 가던 길을 잃어버려 어디로 가야 할 지 알 수 없게 되기도 한다.

시간이 꽤나 흘렀지만, 운이 나빴다면 나는 아마 교통사고로 인해 이 세상에 존재하지 못했을 것이다. 눈앞에서 경험한 죽음이라는 체험은 삶의 유한성을 뼈저리게 느끼게 해주었다. 나는 살았고 내가 타고 가던 자동차는 죽었다. 고칠 수가 없을 정도로 부서져서 폐차를 시킬 수밖에 없었다. 그 사고를 옆에서 지켜본 사람은 평생 쓸 운을 다 쓴 것 같다고 말하기도 했다.

평상시 가던 지름길이었지만, 그 이후로 그 길을 지나갈 수가 없었다. 사고 난 지점에 가까워지면 나도 모르게 심장이 벌렁거려 운전대를 잡을 수 없었고 결국 우회하여 다른 길로 가야만 했다. 사고 후 트라우마는 생각했던 것보다 커서 결국 이제까지 그 사고지점을 가보지 못했다. 삶과 죽음이란 종이 한 장 차이이며,

살아가는 그 어떤 순간에도 죽음이 언제 어디서 다가올지 알 수는 없다.

소중한 사람을 잃거나 잃을 위기에 처하는 경우에도 커다란 절망에 빠지게 된다. 더 이상의 희망이 없다고 느끼는 순간, 삶의 허무가 덮치게 된다. 살아온 시간의 무의미함과 살아가야 할 이유마저 잃게 되면서 삶은 크게 꺾여질 수밖에 없다. 언제든지 옆에 있을 것이라 생각하지만, 인생은 우리를 그렇게 내버려 두지는 않는다.

나에게 다가온 것이 언젠가는 떠나게 되며, 원래 내 것이 아니었다는 사실을 알기는 하지만, 그래도 오래도록 함께해주기를 바라는 소원마저 이루어지지 않을 때, 삶의 의욕마저 잃게 되기도 한다. 어쩌면 그것이 당연한 것임에도 불구하고 내면의 나는 그것을 받아들이지 못한 채, 홀로 삶의 길목에 선 채 눈물을 흘리지 않을 수 없게 된다.

인생이 꺾여지는 순간, 삶에 대해 배우기도 한다. 지금 가지고 있는 것이 얼마나 소중한 것인지, 나에게 주어진 것들이 얼마나 중요한 것인지 알게 되기도 한다. 그로 인해 인생에 대해 겸손하게 되고, 삶의 진정한 의미에 깨닫게 되기도 한다. 하지만 그전에 그러한 것들을 알았다면 얼마나 좋았을까 하는 후회와 함께 회한에 빠지기도 한다.

지나간 것들은 돌이킬 수가 없기에 삶은 더욱 아픈 것인지도 모른다. 한 번밖에 주어지지 않는 인생이기에 주어지는 삶을 받아들일 수밖에 없다. 몇 번 꺾여지건 그 운명을 어찌할 수가 없다. 꺾여지는 삶의 과정에서 그나마 내 옆에 남아있는 것들을 위해 살아갈 뿐이다. 그것이 어쩌면 살아가야 할 이유의 전부일지도 모른다.

33. 삶의 끝에서

우리는 현재 가지고 있는 것이 얼마나 소중하고 고마운 것인지를 잘 알지 못한다. 그것을 잃어버리거나 잃어버릴 위기에 처할 때야 비로소 그 소중함을 인식하곤 한다.

영화 〈6 Below〉는 지금 내가 있는 곳과 나와 함께 하고 있는 사람들의 소중함을 말해주는 영화이다. 어쩌면 평범하고 당연하다고 생각했던 것들이 얼마나 가치 있는 것인지를 주인공은 극한의 상황에 이르러 비로소 깨닫게 된다.

이 영화는 프랑스 아이스하키 국가대표이자 미국 프로 하키팀인 보스턴 브루인스 선수였던 에릭 르마크의 실화를 바탕으로 한 영화이다. 비록 등장인물이 몇 명에 불과하고 스토리는 추운 눈덮인 산속에서 길을 잃고 8일 동안 죽을 고비를 간신히 넘기는 단순한 이야기에 불과하지만, 삶의 깊은 의미를 느끼게 해주는 데 있어서는 충분하다.

주인공 에릭은 동계 올림픽 프랑스 대표로 출전을 하였고 프로 하키팀의 주전으로서 실력을 인정받았지만, 팀과의 불화를 극복하지 못한 채 선수 생활을 스스로 그만두고 만다. 자신이 가지고 있는 소중한 현재의 삶을 어쩌면 스스로 포기한 것인지도 모른다.

그는 하키팀을 나온 후 삶에 대한 무료함에서 벗어나기 위해 마약을 하게 되고 이어 힘든 시기를 겪게 된다. 그러던 중 시에라네바다 산맥의 깊은 산속에서 스노보드를 타다가 호기심에 의해 산속의 금지구역으로 들어가는 바람에 조난을 당하게 된다. 아무도 없는 깊은 산속에서, 불어닥친 폭설과 폭풍우로 인해 길을 잃게 되고 8일 동안 극한의 혹한 속에서 사투를 벌이게 된다.

낮에는 영하 10도, 밤에는 영하 20도의 추위 속에서 아무것도 없이 버티던 중 그는 삶의 끝까지 이르게 되고, 거의 죽음의 순간에까지 도달하게 된다.

삶과 죽음의 경계선에서 강한 정신력과 의지로 간신히 버티지만 결국 육체적인 한계를 넘지 못한 채 두 다리는 동상에 걸려 걸을 수 없게 되고 8일간의 굶주림으로 체력의 끝까지 이르게 되고 저체온증으로 위독한 상태에 빠지게 된다.

하지만 그는 자신의 삶을 포기하지 않고, 동상으로 인해 걸을 수 없는 다리 대신 온몸으로 눈 속을 기어 산꼭대기에 이르게 된다. 마지막 희망으로 자신이 가지고 있었던 라디오 전파로 산꼭대기에서 구조 신호를 보낸다. 그 신호로 인해 거의 죽음의 문 앞에 이르렀을 때 그는 극적으로 구조대에게 발견되어 목숨을 구할 수 있게 된다. 하지만 동상으로 인한 두 다리는 절단을 할 수밖에 없었다.

두 다리를 잃은 그였지만, 죽음을 맛본 그에게는 새로운 세상을 경험했기에 마약을 끊고 재활에 열중하여 비록 두 다리 대신 두 개의 의족이지만 다시 걸을 수 있게 되고 스노우보드도 타게 된다. 그리고 그는 다시 태어난 모습으로 예전에는 몰랐던 자신이 현재 가지고 있는 삶의 소중함을 깨닫게 된다. 주위 사람들을 진정으로 사랑하고 자신의 일을 소중하게 생각하여 하루하루를 더욱 의미 있는 삶으로 살아가게 된다.

에릭이 혹한 속에서 겪었던 시련과 고통은 그에게 새로운 세계에 대한 눈을 뜨게 해주었고, 자신의 삶이 얼마나 소중하고 아름다운 것인지를 알게 해주었다.

그는 살아야 한다는 생존본능을 느끼면서 동상에 걸린 자신의 썩어가는 종아리의 살을 떼어 씹어 먹었다. 평상시에는 상상을 못 할 일을 경험하며 그는 다시 태어날 수 있었다. 어찌 보면 살아간다는 것은 의지이고 이를 포기하는 것이 죽음일지 모른다. 그는 삶을 포기하지 않았기에 자신의 살을 씹어먹을 수 있었다. 아무것도 먹지 않으면 죽을지 모른다는 본능이 그가 가지고 있었던 모든 상식과 관념의 틀을 깨뜨려 버린 것이다.

지나온 자신의 잘못된 과거를 바로잡을 수 있는 기회가 다시 주어지기를 바라면서 그는 그렇게 버틸 수 있었다. 그는 극한의 체험을 하는 동안 다시 살아서 일상으로 돌아간다면, 지금까지와는 전혀 다른 후회하지 않은 삶을 살겠다고 다짐했을 것이다.

영화가 마지막에 에릭은 말한다. "나는 거듭나기 위해 그 끝을 봤나 보다." 그는 자기 삶의 끝을 직접 경험하였고, 자신의 주어진 인생이 얼마나 소중하고 아름다운 것인지를 깨닫게 되었다.

극적으로 다시 일상으로 돌아온 그는 예전과는 전혀 다른 삶의 주인공이 되었다. 그는 진정으로 자신의 삶을 사랑하게 되었고, 사랑하는 사람을 아끼게 되었으며, 보다 의미 있는 일을 하기 위해 노력하게 되었다. 그는 진정으로 거듭 태어났던 것이다.

우리에게 있어서 가장 소중한 것들은 무엇일까? 우리는 일상에서 그러한 소중한 것들을 진정으로 인식하고 있는 것일까? 그러한 것들을 잃어버리고 나서야 비로소 깨닫게 되는 것은 아닐까?

우리는 언제든지 삶의 끝에 이르게 될 수도 있다. 지금 우리에게 주어진 것들은 결코 당연한 것들이 아니다. 현재 가지고 있는 것들이 항상 우리와 함께 오래도록 옆에 있지도 않는다. 모든 것을 잃기 전에, 다시는 돌이키지 못하기 전에, 모든 것들이 나를 떠나기 전에, 현재 가지고 있는 것들의 소중함을 마음속에 깊이 새겨야 하지 않을까? 더 이상은 후회되지 않는 시간들을 보내기 위해 최선을 다해 노력해야 하지 않을까? 지나간 것은 어쩔 수 없다. 과거의 잘못과 스스로 화해를 하고 현재 주어진 것들을 진정으로 사랑하고 마음 깊이 소중하게 생각해야 하지 않을까 싶다.

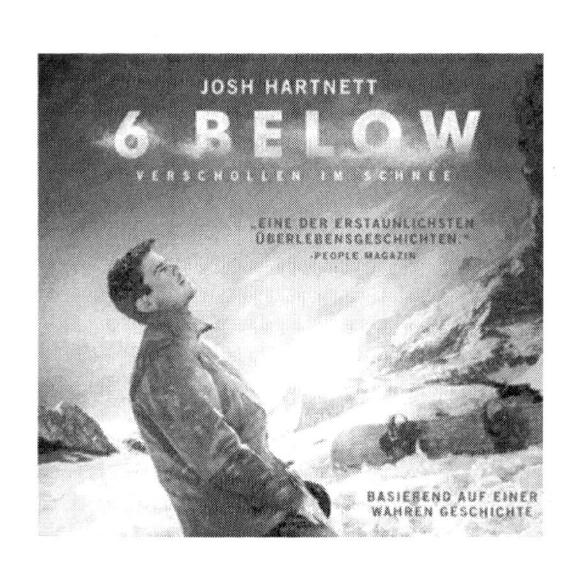
JOSH HARTNETT
6 BELOW
VERSCHOLLEN IM SCHNEE
„EINE DER ERSTAUNLICHSTEN ÜBERLEBENSGESCHICHTEN."
-PEOPLE MAGAZIN
BASIEREND AUF EINER WAHREN GESCHICHTE

34. 채송화

어릴 적 우리 집 앞마당에는 채송화가 피어 있었습니다. 노랑, 분홍, 빨강, 여러 가지 색깔로 피어난 채송화를 한참이나 바라보곤 했었습니다. 채송화는 화려하지도 않고 키가 크지도 않았습니다. 땅바닥에 바짝 붙어 피어나는 채송화는 눈이 그리 띄지도 않았습니다. 게다가 너무 약해 조금만 건드려도 쉽게 부러지곤 했던 기억이 납니다.

학교에 갔다가 대문을 열고 집안에 들어오면 앞마당에 나란히 피어 있는 키 작은 채송화가 제 눈에 가장 먼저 들어왔습니다. 너무 약한 채송화의 모습에 마음 아파 수돗가에 가서 물을 떠다 주곤 하였습니다. 새로 피어난 것은 없는지 한참이나 살펴본 후 방으로 들어가곤 했습니다.

이 세상에는 강한 것도 존재하지만, 약한 것도 존재합니다. 채송화는 어찌 보면 정말 약한 존재에 불과합니다. 채송화는 운명적으로 약하게 태어났습니다. 약하게 태어나고 싶어서 약하게 태어난 것이 아닙니다. 그저 운명처럼 그렇게 주어진 것에 불과합니다. 강하고자 하여도 강할 수가 없고, 운명을 벗어나고자 하여도 벗어날 수가 없습니다. 채송화로 태어나 며칠 동안 꽃을 피우고 다시 지고 마는 그런 운명입니다.

강하고자 하여도 강할 수가 없는 것, 운명을 바꾸고자 하여도 바꿀 수 없는 것, 그것이 어찌 보면 삶의 원리일지도 모릅니다. 주어진 자신의 운명을 통째로 바꿀 수 있는 그런 존재는 이 세상에 없는 것 같습니다.

우리의 노력으로 운명을 어느 정도는 바꿀 수가 있겠지만, 인간의 한계를 넘어설 수는 없습니다. 최선의 노력으로 강해지고자 하지만 그것도 정도의 차이에 불과할 것입니다.

내가 사랑하는 존재가 약한 것만큼 마음 아픈 것은 없을 것입니다. 예전에는 내가 소중히 여기는 존재가 채송화처럼 약하지 않게 되기를 바랐습니다. 보란 듯이 이 세상에서 우뚝 서기를 소망하곤 했습니다. 하지만 이제는 그 소원을 더 이상 마음에 품고 있지는 않습니다. 대신 제 자신이 좀 더 강해지려고 합니다. 제가 강해진다면 비록 약하지만 소중한 존재를 지킬 수 있을 것이기 때문입니다.

약하면 약한 대로 그냥 품어주는 것이 진정한 사랑이라는 생각이 듭니다. 강하기를 바라지 않고 그저 있는 모습 그대로 받아들이는 것이 그 존재에 대한 존중이 아닐까 합니다.

어제는 아버지를 모시고 인지검사를 했습니다. 약한 아버지의 모습을 보며 오래전 갓난아기였던 아이들 생각이 났습니다. 세 아이를 다 키우고 났더니 이제 다시 부모님이 아이가 된 듯합니다. 제가 해야 할 일이 무엇인지 잘 압니다. 약한 존재를 진심으로 사랑하는 것, 그것이 질긴 인연의 숙명이라는 생각이 듭니다. 하지만 마음속으로는 뿌듯합니다. 지켜야 할 것이 있다는 것만으로도 제가 살아있음을 느낄 수 있을 것이기 때문입니다.

35. 생각이 문제일 수도

나는 온전히 나에게 주어진 삶을 살고 있는 것일까? 삶을 살아내기보다는 나의 생각 속에서 살아가고 있는 것은 아닐까?

나의 생각은 나보다 훨씬 작다. 생각은 나의 일부일 뿐이다. 하지만 우리는 종종 생각만으로 대부분을 살아낸다. 그러한 면에서 본다면, 만약 나의 생각이 잘못된 것이라면 나의 삶 그 자체도 문제가 될 수밖에 없을 것이다.

생각은 온전한 삶을 살아가는 데 있어서 도움이 되기도 하지만 방해가 되기도 한다. 나의 생각이 완전하지 않기 때문이다. 그 완전하지 못한 자신의 생각으로 매일을 살아가고 있다면 많은 문제와 괴로움, 힘듦과 편안하지 못함이 있을 수밖에 없다. 그렇게 생각해도 되지 않는 것을 그렇게 생각하니, 괴로워하지 않아도 될 것으로 괴로워하게 되고, 힘들어하지 않아도 될 것으로 힘들어하기 때문이다.

나의 생각이 온전하지 못함을 인식하는 것이 진정한 생각으로부터의 자유의 시발점이 아닐까 싶다. 온전하지 못한 나의 생각에 나의 삶을 맡길 수가 없기 때문이다.

나의 생각이 나의 삶을 앗아갈 가능성도 충분히 존재한다. 타인에 대한 나의 판단이 잘못된 것이라면 그와의 관계나 인연이 쉽게 끊어질 수도 있다. 그는 나를 믿고 있는데 그가 나를 믿고 있지 않다고 생각하는 내가 그 관계를 끝내게 해버리기 때문이다. 그가 나를 좋게 생각하고 있는데도 불구하고 그가 나를 좋지 않게 생각하는 나 자신이 어쩌면 소중할 수 있는 관계의 종말을 몰고 오게 할지도 모른다.

내 주위에 일어나는 일들을 제대로 판단하지 못한 채 행동하고 선택을 한다면 그로 인해 원래 좋을 수 있을 삶의 일부가 좋지 않은 방향으로 흘러갈 수도 있다. 이는 오로지 내 생각의 잘못에서 기인할 뿐이다.

우리의 인식은 모든 사물이나 존재를 있는 그대로 인식하지 못하는 경향이 있다. 나의 생각으로 인식할 뿐 그 사물이나 존재의 진정한 모습을 보려 노력하지 않기도 한다. 내 생각이 전부라고 착각하기도 한다.

열린 마음으로 모든 것을 객관적으로 보는 것은 사실 쉽지가 않다. 모든 것을 자신의 생각과 인식으로 판단하고 그것이 전적으로 옳다고 주장하는 것이 오히려 쉽다. 자신이 잘못 알고 있을 수도 있고, 잘못 생각할 수도 있다는 사람은 드물다. 어쩌면 생각으로부터의 진정한 자유를 누리지 못하는 것이다. 그러한 생각이 우리의 삶을 왜곡되게 만들고 온전한 삶을 살아내지 못하게 한다.

나는 열린 마음과 열린 생각으로 살아가고 있는 것일까? 나의 인식은 어느 정도의 객관성을 유지하고 있는 것일까? 누군가 나에 대해 비난을 한다면 그의 말과 생각을 들여다보려고 노력은 하고 있는 것일까?

나의 생각이 온전한 삶을 살아가는 데 방해가 되지 않기 위해서는 내가 옳다는 아상을 버릴 필요가 있다. 그것을 깨뜨리지 못하는 한, 나는 온전한 삶을 살기는커녕, 생각에 끄달려 더 나은 삶을 스스로 포기하고 있는 것인지도 모른다.

36. 잊혀져가는 이름들

사람은 시간적 존재임이 분명합니다. 시간의 흐름에 따라 누군가 나에게 다가오고 시간이 지나면서 떠나갑니다. 인연이라는 것이 좋을 수도 있고 나쁠 수도 있습니다. 함께 하는 그 시간이 마음 시리도록 좋았지만, 더 이상 만나지 못하는 것은 가슴 아픈 일입니다.

오래도록 계속되는 인연도 있고, 스쳐 지나가는 인연도 있습니다. 바라건대 나에게 다가온 인연이 오래도록 계속되기를 희망하지만 삶은 나의 소망대로 되는 것은 아닌가 봅니다.

나를 알아주고 존중해주었던 소중한 인연도 다시 만나지 못하게 되기도 합니다. 잠시 헤어지더라도 언젠가는 볼 수 있을 것이라 생각했지만, 수십 년이 지나도 만나지 못하게 되기도 합니다. 할 수 있는 것은 그저 아름다웠던 추억을 생각하는 것뿐입니다. 살아있는지 죽었는지 알지도 못한 채 소중했던 그 시간들을 그리워할 뿐입니다.

하루가 멀다고 불렀던 이름이지만, 이제는 그 이름도 잊혀져가고 있습니다. 지금 당장이라도 만날 수 있다면 만사를 제쳐놓고 뛰어나가겠지만, 지나온 세월을 생각해보면 그렇게 되지는 않을 것 같습니다.

시간이 흘러가며 함께 했던 그 추억도 점점 희미해집니다. 많은 시간들을 같이 보냈지만 이제 기억이 나는 것도 별로 남아있지 않습니다. 시간은 인간을 어쩌면 더욱 외롭게 만드는 것인가 봅니다.

더 시간이 흐르기 전 한 번만이라도 만날 수 있다면 얼마나 좋을까요? 예전의 함께했던 아름다운 시간들을 이야기하며 그동안 살아온 것들을 나눌 수도 있을 터인데 아마 삶은 그것을 쉽게 허락하지는 않을 것입니다.

점점 잊혀가는 이름이 많아지는 것 같습니다. 그 소중한 이름들을 어쩌면 이제 마음 한구석에 간직해야만 할지도 모릅니다. 더 이상 함께 할 수 있는 기회도 없을 것이기 때문입니다.

물론 새로운 사람을 만나기도 하지만, 예전처럼 순수하고 소중한 시간들을 공유하는 것은 그리 쉽지는 않은 것 같습니다. 알 수 없는 그 어떤 것이 가로막고 있는 듯한 느낌입니다.

이제는 소중하고 가까웠던 사람들과 영영 작별하기도 합니다. 더 이상 이 지구상에 존재하지 않기에 만나지도 못하고 이야기를 나눌 수도 없습니다. 나에게 잊지 못할 시간을 안겨준 그러한 존재들의 이름이 잊혀져갈 수밖에 없는 이유입니다. 자주 만난다면 그 이름들을 부를 수 있을진대 이제는 그러한 기회가 없을 것이기에 너무나 쉽게 불렀던 그 이름을 이제는 부를 기회조차 사라져버리는가 봅니다.

그래도 나에게 다가왔던 그 이름만은 오래도록 기억하려고 합니다. 그 이름과 더불어 함께 했던 시간과 추억을 가능하다면 오래도록 간직하고 싶을 뿐입니다. 이유야 어찌 되었든 나에게 다가왔던 그 인연들은 모두 소중하다는 생각밖에는 하지 않습니다.

오래도록 그 소중한 이름들이 내 마음 깊이 남아있기를 희망합니다. 함께 했던 시간도 가슴 속 깊이 오래도록 간직되었으면 좋겠습니다.

나에게 다가왔던 그 소중한 존재의 이름이나마 오래도록 잊혀지지 않았으면 합니다.

37. 끝까지 믿지 못하고

살아가면서 만나는 수많은 인연 중에 오래도록 가까이 지내는 경우는 그리 많지 않다. 우리가 일생동안 만나는 대부분의 인연은 겨우 스쳐 가는 정도이다. 친하다고 생각했던 사람들도 몇 년 혹은 몇십 년에 한 번 볼까 말까 하는 경우도 흔하다.

그러한 수많은 인연 가운데 소중하다고 생각하는 경우에도 믿음의 관계가 그리 깊지 못한 경우도 많다. 믿음이란 자신을 버릴 수 있어야 한다. 그 사람을 믿는다면 나의 생각과 의심에 의존하지 말아야 한다. 전상국의 〈실반지〉는 사랑했지만, 완전히 믿지 못했고, 자신을 버리지 못한 채 소유하기만을 원했던 사랑에 대한 이야기이다.

"나는 매일매일 아내의 행복한 얼굴과 만났다. 나는 그네의 행복에 매혹되었고 그네의 모든 것을 가지기 위해서 눈물겨운 노력을 기울였다. 한 마리의 파랑새를 잡기 위해 나의 모든 것을 버릴 수 있다고 생각했다. 그때 나는 모든 것을 버리는 것이 모든 것을 얻는 것임을 깨닫게 되었던 것이다. 그러나 나는 범부였고 아내가 일깨워준 그 욕망을 죽이는 법을 곧 잊게 되었으며 그네를 소유한 자만으로 해서 눈이 어두웠던 것이다. 그것이 아내를 잃게 된 결정적 요인이었다고 나는 훗날 생각하게 되었다. 내 스스로가 버리지 못한 것 때문에 나는 모든 것을 잃었던 것이다."

아내가 끼고 있었던 실반지에 대한 의심을 버리지 못했기에 그들의 사랑은 파경을 맞이할 수밖에 없었다. 이야기하지 못할 피치 못할 상황이 있을 것이라 믿었다면 그들의 소중한 사랑은 유지될 수 있었을 것이다. 오직 자신의 생각대로만 판단하고, 상대를 믿기보다는 자신의 생각을 믿었기에 가장 소중한 것을 잃어버렸던 것이다. "한때 그이의 오해를 산 적이 있는 그 실반지를 오늘 엄마 손에 돌려드리고 왔다. 엄마는 그 반지를 보시더니 그때 생각을 하고 웃으셨다. 나는 다른 집 아이들과 달리 초경이 늦었다. 딸 하나 데리고 외롭게 사는 엄마는 내게 무슨 탈이라도 없을까 몹시 조바심하고 계셨다. 17살 때야 비로소 엄마한테 얼굴을 붉혔다. 대견하다는 듯 엄마는 나를 덜렁 업어 주셨다. 그리고 그날 내게 그 실반지를 기념으로 끼워 주셨던 것이다. 딸 키우는 홀엄마의 심정은 다 그런 것일까. 이제 우리 집을 살 돈이 거의 모였다. 집을 사 이사하는 날 엄마를 초대해야지. 그리고 그 실반지의 아름다운 추억을 잊지 않고 지켜 내가 언어낸 우리의 행복을 말해 줄 거야."

아내에게는 그녀 나름대로 간직하고 싶은, 아무리 남편이라도 이야기하기 싫은 그런 소중한 추억이 있었다. 남편이 아내의 모든 것을 소유하려고 했던 것이 그들의 믿음을 깨뜨려버리고 말았다.

믿음이 없는 사랑은 오래가지 못한다. 자기 나름대로 옳다고 생각될지라도 그렇지 않을 잘 모르는 사실이 있을 수 있다. 말하지 못하는, 하지만 지키고 싶은, 자신만의 어쩔 수 없는 상황이 있다. 남편은 아내의 실반지에 대한 것을 더 알려고 하지 말고 끝까지 믿을 수는 없었던 것일까?

누구를 믿는다는 것은 어쩌면 사랑보다 더 힘든 것인지도 모른다. 하지만 믿음이 작기에 소중한 사랑을 잃어버릴 수도 있다. 사랑보다 더 커다란 것이 믿음일지도 모른다.

38. 그래도 괜찮아

한 번밖에 주어지지 않는 소중한 삶이라는 것을 잘 알지만 삶은 살아내기가 쉽지는 않은 것 같습니다. 삶은 오로지 나의 생각과 노력만으로 되지 않기 때문일 것입니다. 인간은 완벽하지 않기에 온전한 삶을 살아간다는 것은 처음부터 불가능한 것인지도 모릅니다.

최선이라 생각하고 선택하는 길도 생각지 않은 일들로 인해 제대로 걸어가지 못하는 경우도 많습니다. 아무리 노력을 해도 되지 않는 것들이 있고, 이길래야 이길 수 없는 것도 많습니다. 원하고 바라는 것들이 있지만, 그러한 것들이 전부 주어지지는 않습니다.

가만히 생각해보면 내가 바라는 것이 전부가 아닐지도 모릅니다. 당시에는 그것이 이루어지면 정말 좋을 것이라 생각했지만, 시간이 지나 오히려 그러한 것들이 삶을 무겁게 누르기도 합니다. 삶은 그래서 아무리 오래 살아도 알 수가 없는 듯합니다.

바닷가에 앉아 파도를 보면 우리의 삶도 그것과 비슷하다는 생각이 듭니다. 계속해서 끝없이 밀려오는 파도처럼 우리의 삶에는 수많은 일들이 일어나고 있습니다. 그러한 파도를 다 겪을 수밖에 없는 것이 우리의 인생이 아닐까 싶습니다. 내가 원하지 않는다고 해서 파도가 밀려오지 않는 것이 아닙니다. 파도는 그냥 그렇게 계속해서 밀려올 뿐입니다.

파도가 밀려오면 바닷가 모래밭에 흔적이 남듯 우리의 인생에도 밀려오는 파도로 인해 흔적이 남을 수밖에 없습니다. 수많은 일들을 겪으며 수많은 사람들을 만나게 됩니다. 태어나 만나는 수많은 인연들이 기쁨도 주지만 상처도 주며 그렇게 스쳐 지나가기도 합니다. 누군가를 만나 기쁘고 행복하지만, 믿었던 사람에게 배신을 당하기도 하고, 친했던 사람과 갑자기 소원해지기도 합니다.

삶이 우리에게 주는 많은 흔적과 상처가 있기는 하지만 그래도 삶을 사랑해야 하지 않을까 싶습니다. 한 번밖에 주어지지 않기에, 이 세상에 다시는 오지 못하기에, 진심으로 사랑해야 하지 않을까 싶습니다.

원하는 것을 다 하지 못해도 괜찮습니다. 바라는 것들이 이루어지지 않아도 괜찮습니다. 목표로 했던 일들을 성취하지 못해도 괜찮습니다. 많은 인연들로 인해 남겨지는 상처가 크더라도 괜찮습니다. 그래도 살아있었기에 할 수 있는 일들이 있고, 바라는 것들도 있고, 소망하는 것도 있고, 소중하고 진심으로 사랑하는 인연도 있기 때문입니다.

삶을 살아낸다는 것이 쉽지는 않지만 그래도 괜찮다고 생각하려고 합니다. 이제 겨울이 지나고 있습니다. 이 겨울이 무사히 지나간 것만으로도 더 바랄 것이 없다는 생각입니다.

39. 그들이 아버지를 죽였다

1967년 북베트남의 지원으로 탄생한 캄보디아의 급진 좌익 무장단체의 이름은 '크메르 루주(Khmers rouge)'였다. 크메르 루주란 우리나라 말로 '붉은 크메르'라는 뜻이다. 크메르 루주는 베트남 전쟁을 배경으로 세력을 확대하여 캄보디아 농촌의 전폭적인 지지를 받으며 1975년부터 1979년까지 약 4년간 캄보디아를 지배했다.

크메르 루주가 세력을 확장할 수 있었던 것은 미국의 직간접적인 영향도 크다. 베트남 전쟁 당시 베트콩의 군수 보급로를 차단하기 위하여 미군은 베트남이 아닌 캄보디아에도 무차별 폭격을 가했다. 사료에 의하면 미군은 캄보디아에 베트콩이 주둔하고 있다는 첩보를 이유로 1969년부터 1972년까지 20만 발 이상의 폭탄을 투여하였다. 미군의 캄보디아 폭격에 죽은 민간인은 최소 5만 명에서 최대 15만 명 정도로 추산된다. 이에 캄보디아는 베트남 전쟁에 개입하지는 않았으나 미국과 단교하게 된다. 이로 인해 베트콩과 북베트남군은 1966년 캄보디아 내에 그들의 기지를 설립한다.

1960년대 캄보디아는 노로돔 시아누크가 독재 정치를 행하였고, 경제적 상황 또한 악화일로에 있었다. 이를 빌미로 우익 쿠데타가 일어났고 론 놀에 의한 친미 정권이 수립되었지만 놀 놀 정권은 미군의 민간인 학살에도 무책임하였고, 경제 정책에 있어서도 무능하였다. 이에 시아누크는 자신의 세력을 회복하기 위해 크메르 루주와 연합하여 지지기반을 확장하게 된다. 결국 1975년 론 놀 정권은 무너졌고 캄보디아의 실질적인 권력은 크메르 루주의 손에 들어가게 된다.

시아누크는 크메르 정권에 있어 허수아비에 불과하였다. 크메르 루주는 권력을 장악하기 위한 명분으로 시아누크를 이용한 후 바로 시아누크를 축출해 버린다. 이후 크메르 루주는 대중의 반발을 '킬링 필드'라는 참혹한 대학살극으로 캄보디아 전체를 지옥으로 몰아넣었다.

크메르 루주가 정권을 잡고 있었던 4년간의 캄보디아는 인류 역사상 그 유례를 찾아볼 수 없을 정도의 아수라였다. 이후 자신들의 힘을 맹신한 그들은 베트남과도 전쟁을 벌이게 되고, 베트남군과 베트남을 지지하는 캄보디아 공산 동맹군에 의해 무참하게 붕괴되고 만다.

크메르 루주의 정권은 붕괴되었지만, 그들의 핵심이었던 폴 코트와 그 잔당 세력은 여전히 게릴라전을 벌이게 된다. 이것은 국제사회로까지 확장되어 캄보디아뿐만 아닌 태국, 베트남, 싱가포르, 호주, 중국, 미국의 세력 싸움으로까지 번지게 된다. 더 이상의 확전에 국제사회는 양자의 주장을 절충하여 망명 중이었던 노로돔 시아누크를 국가주석으로 옹립하고 민족주의자였던 손 산을 수상으로 새로운 민주 연합정부를 수립하게 한다.

그 후에도 캄보디아의 정치적 환경은 혼돈의 연속이었다.

크메르 루주 정권이 붕괴된 지 30년이 지난 후 전범 재판소가 설립되었고, 학살에 가담했던 크메르 정권의 세력들은 차례대로 체포되어 재판을 받게 된다. 하지만 당시 크메르 루즈의 핵심이었던 폴 포트는 이미 죽은 뒤였다. 전범 재판소는 사망하지 않은 크메르 정권의 인사들을 재판하였지만 그 과정에서도 논란이 많았다. 재판은 끝났지만 이미 학살로 인해 세상을 떠난 수많은 사람들은 살아 돌아올 수가 없었다.

〈그들이 아버지를 죽였다〉는 크메르 루주가 정권을 잡았던 당시 캄보디아에서 있었던 실화를 바탕으로 한 영화다. 안젤리나 졸리가 감독과 각본을 맡았다. 영화의 원작은 로웅 웅이 쓴 회고록이고 회고록의 제목은 영화제목과 같다. 안젤리나 졸리에게는 입양한 아들인 매덕스가 있는데 그는 캄보디아 출신이며 현재 우리나라 연세대학교에서 공부하고 있다.

이 영화는 5살 소녀에게 갑자기 닥친 잔혹했던 현실의 모습을 보여준다. 영화에서 군복을 입고 있는 강해 보이기만 했던 아빠는 어느새 초라한 신세가 되어버린다. 크메르 루주 권력에 의한 일상의 파괴였다. 아빠는 오직 사랑하는 가족의 평범한 생활을 지키는 것이 소원의 전부였다. 하지만 가장 인간적이고 기본적인 것도 보장되지 않는 것이 독재 권력의 통치에 따른 현실이었다.

당시 크메르 루주의 권력에 의해 죽은 사람은 캄보디아 전체 인구의 약 1/5에서 1/4 정도였다고 한다. 몇몇 개인들에 의한 정치적 욕망이 한 국가 전체 국민을 지옥으로 몰고 갔던 것이다.

영화에서 로웅의 아버지는 공산당의 부름을 받아 갑자기 사라지게 된다. 로웅의 오빠들 또한 징병으로 끌려간다. 아빠가 공무원이었기에 로웅의 가족들은 살아남기 위해 뿔뿔이 흩어지게 된다.

가족들과 헤어진 채 혼자 길을 떠나야만 했던 5살 소녀의 발걸음은 어떠했을까? 그녀에게 무슨 잘못이 있길래 그녀는 그런 힘겨운 삶을 감내해야 했던 것일까? 그녀에게 주어지는 인생은 무슨 이유로 그렇게 무거워야 했던 것일까?

역사는 반복된다. 로웅 같은 소녀는 과거에 존재했고 현재에도 존재하고 있다. 아마 미래에도 그 소녀는 존재할지도 모른다. 그러한 역사를 반복되게 하지 않기 위해 우리가 할 수 있는 일은 없는 것일까?

40. 난생 처음 보는 것처럼

여행을 하다 보면 처음 만나게 되는 것들이 많습니다. 예전에 접해본 적도 없고, 경험해본 적도 없기에, 생전 처음 만나게 되는 것들은 왠지 모르게 마음에 다가옵니다. 신기하고, 새롭고, 소중한 것과 같은 그러한 느낌이 가슴속으로 밀려옵니다.

예전에 강원도 인제에 있는 곰배령에 올랐던 적이 있었습니다. 사실 곰배령이 어떤 곳인지는 잘 모르고 있었습니다. 무엇으로 유명한 곳인지, 어떤 경치를 가지고 있는지 전혀 모르는 상태였습니다.

여행을 가기 전 미리 어떤 곳인지 알고 보고 가는 것이 당연했지만, 그때는 너무 정신없는 일들이 많아 곰배령에 대한 아무런 지식도 가지지 못한 채 그냥 경치가 좋다는 말만 듣고 무작정 올랐습니다. 강원도 인제를 가본 적도 없었고, 말 그대로 태어나 처음으로 곰배령에 올랐습니다. 찬 바람이 부는 한겨울이었는데 오르기 며칠 전 눈도 내린 상태였습니다.

눈에 덮인 겨울 산이려니 하는 생각으로 잠시 올라가서 산 아래 경치를 바라보면 마음속에 있던 힘들었던 것을 잠시 내려놓을 수 있을 것이란 생각으로 올랐던 기억이 납니다. 산 입구부터 차가운 겨울바람이 불어 날짜를 잘못 잡았나 하는 생각으로 괜히 왔나 싶은 생각이 들었습니다. 눈 덮인 산은 걷기에도 불편했고, 곳곳에 빙판도 많아 위험하기도 했습니다. 그나마 높지 않아서 시간은 별로 오래 걸리지 않을 것이라는 생각이 위안이 되었습니다.

한 시간 남짓 겨울 산을 오르고 나니, 곰배령에 도달할 수 있었습니다. 곰배령에 대해 전혀 몰랐던 저였고, 심지어 곰배령 사진을 예전에 한 번도 본 적이 없었기에, 곰배령에 도착해 바라본 눈 덮인 겨울 산은 정말 저의 마음을 흔들어 놓을 정도로 아름다웠습니다. 제가 그러한 시공간에 서 있다는 것이 너무 신기할 정도로 다른 세상에 온 것 같은 착각이 들었습니다.

예전에 많은 곳을 다녀봤기 때문에 신비롭고 멋진 경치들을 많이 봤음에도 그날 제가 본 곰배령은 정말 너무 인상적이어서 제 마음속 깊이 들어와 버렸습니다. 하늘과 사방으로 하얀 눈 덮인 산밖에 없는 그 시공간은 가슴 시리도록 아름다워 산을 다시 내려가기가 싫을 정도였습니다.

핸드폰을 꺼내 사방을 돌아가며 사진을 찍었습니다. 하지만 제가 받은 그 감동을 사진에 담아낼 수는 없었습니다. 사진은 고작 하얀 눈이 덮인 산에 불과했습니다. 제 마음속에 들어온 곰배령과 사진 속에 있는 곰배령은 왠지 차이가 나는 듯 느껴졌습니다. 그래도 사진을 열심히 찍었습니다. 나중에 그 사진을 보면 그나마 제가 받은 감동을 다시 느낄 수 있을 것 같았기 때문입니다.

그 이후 곰배령을 다시 찾을 기회는 없었습니다. 여유가 되면 다시 한번 찾아와야겠다는 생각을 하긴 했지만, 역시나 여러 가지 일들로 다시 갈 기회는 없었습니다. 가만히 생각해보면 다시 곰배령을 찾는다면 제가 처음 곰배령을 갔을 때와 같은 그러한 신선한 감동을 느끼지는 못할지도 모릅니다. 생전 처음 본 것과 두 번째 본 것과는 다를 것입니다.

일상에서 만나는 모든 것들이 난생 처음 만나는 것이라면 그 모든 것이 신기하고 신비롭고 아름답고 소중하게 생각되지 않을까 싶습니다. 오늘 만나는 것들이 태어나 처음 접하는 것이라면 그만큼 새롭게 느껴질 것입니다.

세월이 참으로 빠른 것 같습니다. 아이들을 낳은 지 얼마 되지 않은 것 같은데도 세 아이 모두 이제 성인이 되었습니다. 세 아이가 태어나던 순간을 아마 죽을 때까지 잊지 못할 것입니다. 큰아이, 둘째 아이, 막내가 태어났던 그 순간들이 저에게는 가장 아름답고 기쁘고 소중한 순간이었습니다. 생전 처음 아이들과 만났던 그 순간은 가슴이 시리도록 행복했던 시간이었습니다. 하지만 시간이 지나면서 그 순간들을 잊어왔던 것 같습니다. 그것은 아마도 저의 욕심 때문이었을 것입니다. 남들처럼 공부하고, 좋은 학교를 보내고, 아이들의 더 좋은 미래를 위한 저의 탐욕이 그 아름다웠던 순간들을 망각하게 만들었던 것 같습니다.

다행히도 이제는 저의 욕심을 버릴 수 있게 되었습니다. 다만 건강하게 살아있는 것만이라도 충분하다는 생각을 하게 됩니다.

공부건, 직장이건, 돈이건, 명예건, 그러한 것들을 아이들과 연관시키지 않으려고 합니다. 세상에서 가장 소중한 것은 사랑하는 사람이 살아있다는 것이 아닐까 싶습니다. 그 이상은 그저 하늘에 주는 보너스라는 생각이 듭니다.

그래서 그런지 요즘 아이들을 보면 난생 처음 만난 것과 같은 느낌이 듭니다. 전쟁에 나갔다 돌아온 것 같은, 죽었다 다시 살아돌아온 것 같은 그런 생각이 듭니다. 그저 아이들이 저에게 문자를 보내는 것만으로도 행복하고 감사하다는 느낌입니다.

이제 제 주위에 존재하는 모든 것들을 난생 처음 만나는 것처럼 생각하려고 합니다. 오늘 만나면 다시는 만나지 못할 수도 있다는 마음으로 대하려고 합니다. 삶이 한 번뿐이듯, 제 주위에 있는 모든 존재하는 것들과 함께 할 수 있는 시간이 그리 많지는 않을 것이라는 생각을 하려고 합니다. 그래서 소중하고 아름다운 그 모든 것들을 위해 마음을 열려고 합니다. 비록 나의 능력의 한계가 있겠지마는 그래도 노력하고 훈련하다 보면 예전처럼 제 탐욕에 빠져 살지는 않을 수 있으리라고 생각됩니다.

저 주위에 있는 그 모든 것들을 난생 처음 보는 것처럼, 어쩌면 다시는 볼 수 없을지도 모르는 것처럼, 그렇게 대하려고 합니다. 저에게 지금 주어진 모든 것은 너무나 소중하다는 것을 이 겨울을 보내며 생각하게 됩니다.

꽃이 피는 봄이 되면 다시 곰배령을 찾아볼까 합니다. 올해도 비록 많은 일들로 시간이 없겠지만, 억지로라도 시간을 내어 가보고 싶습니다. 봄의 곰배령은 저에게 난생 처음일테니까요.

41. 영원히 만나지 못해도

어릴 적 할머니가 살고 계셨던 곳은 정말 시골이었습니다. 집 마당에 외양간도 있었던 기억이 납니다. 소에게 여물을 먹이기 위해 사촌 형은 새벽부터 일어나 작두로 볏짚을 잘라 커다랗고 시커먼 가마솥에 자른 볏짚을 넣어 삶았습니다. 저는 여물을 우적우적 씹어먹는 소의 맑은 눈망울이 좋아서 새벽에 일어나 눈을 껌벅거리며 그 모습을 지켜보곤 하였습니다. 사촌 형은 들어가서 더 자라고 했지만, 저는 아랑곳하지 않고 아침 먹을 때까지 소 옆에 한없이 앉아있곤 했습니다. "음매" 하며 우는 소의 울음소리를 들을 때마다 왠지 다가가 소를 쓰다듬어주고 싶은 마음이 생겼습니다.

저희 집은 시골이 아니었기 때문에 소를 키울 수는 없었습니다. 그래도 마당이 조금 있었기에 어머니를 졸라 토끼를 키울 수 있었습니다. 집 대문 옆 앵두나무 밑에 토끼집을 만들어 놓고 시간이 날 때마다 토끼를 보며 놀았던 기억이 납니다. 학교가 끝나고 나면 숙제는 제쳐놓고 집 뒷산으로 달려가 토끼가 먹을 풀이나 아카시아 나뭇잎을 구해와 토끼들에게 먼저 먹였습니다. 먹이를 먹는 토끼를 바라보면 토끼의 눈 또한 너무나 맑고 순수했던 기억이 납니다. 그저 저를 바라보다 먹이를 먹고, 먹이를 먹다가 맑은 눈으로 저를 바라보는 그 모습이 너무나 좋았던 기억이 납니다.

그래서 그런지 아이들에게 집에서 이것저것 많이 키울 수 있도록 해주었던 것 같습니다. 비록 집안은 지저분했지만, 아이들에게 좋은 추억이라도 남겨주고 싶었습니다.

요즘 들어 맑은 마음을 가진 사람들이 그립습니다. 하지만 그런 사람을 만나기는 정말 쉬운 일이 아닌 것 같습니다. 제 인생에서 가장 맑은 마음을 가졌던 사람은 아마 중학교 때 매일 함께 공부하고 놀던 친구가 아니었나 싶습니다. 그 친구와는 중학교 2학년 때 만나 대학교를 거쳐 제가 미국에 가기 전까지 10년 정도 우정을 나누었던 것 같습니다. 지금 돌이켜 생각해보면 10년이란 시간은 결코 짧지 않은 것인데도 불구하고 그 기간 동안 그 친구는 순수했고 변함이 없었습니다.

지금은 그 친구가 살아있는지 죽었는지조차 알 수가 없습니다. 제 나름대로는 그 친구를 찾기 위해 많은 노력을 해보았지만 모두 헛수고였습니다. 살아있다면 언젠간 만날 수 있을 것이라 생각했지만 어쩌면 그런 일이 일어나지 못할지도 모릅니다. 그런 기대를 한 지 벌써 20년이 지나고 있으니까요.

살아가다 보면 영원히 만나지 못하는 경우가 많은 것 같습니다. 좋은 관계였는데도 불구하고, 오래도록 우정을 쌓았는데도 영영 만나지 못한 채 주어진 시간이 끝날지도 모릅니다.

시간이 갈수록 그 친구가 그리운 것은 무슨 이유 때문일까요? 아마도 지금 저는 그러한 순수한 관계를 가지고 있는 사람이 그리 많지 않기 때문일 것입니다.

앞으로 그 친구와 같은 사람을 또 만날 수 있을지 생각해보면 그리 쉽지는 않을 것 같습니다. 물론 누구를 만나든지 제가 먼저 마음을 열고 따뜻함을 보인다면 가능할지 모르겠지만, 설령 그렇게 하더라도 쉬울 것 같지는 않습니다. 그렇다면 그러한 기대를 접어야 하는 것일까요? 저는 왠지 그 기대도 버리고 싶지는 않습니다. 설령 그러한 일이 일어나지 않더라도 기대만큼은 간직하려고 합니다.

기찻길은 두 개의 철로가 끝까지 평행합니다. 두 평행한 선로는 결코 만나지 않습니다. 우리의 인연의 일부 또한 그런 것이 아닌가 싶습니다. 원한다고 해도, 간절히 소원을 한다고 해도, 영영 만나지 못하는 것이 운명이 되어버리기도 합니다.

어릴 적 할머니 댁에 있었던 맑은 눈망울을 가진 소도, 집에서 키웠던 하얀 토끼의 맑은 눈도 다시는 볼 수가 없습니다. 순수했던 마음을 가졌던 소중한 사람도 이제는 영원히 만나지 못하게 될지도 모릅니다. 어쩌면 지금 주위에 있는 소중한 사람들도 만날 기회가 그리 많지 않을지도 모릅니다.

하지만 저에게 그 아름다운 시간을 주었던 존재들은 저의 마음에 영원히 남아있을 것입니다. 제가 죽는 날까지 아마 그 추억을 잊지는 못할 테니까요.

42. 경계를 넘어

시공간은 정해져 있는 것 같지만 꼭 그렇지는 않습니다. 오늘이라는 시간은 우리가 단지 오늘이라고 정한 것에 불과할 뿐 시간 그 자체가 오늘이라고 정한 것은 아닙니다. 여기라는 공간도 우리가 그렇게 생각할 뿐 공간 그 자체가 여기라는 지점을 정해놓은 것은 아닙니다. 어제와 오늘과 내일, 여기와 저기는 단지 우리의 생각으로 인한 것이고 그로 인해 경계가 생기게 됩니다. 여기가 아니니 저기가 되고, 오늘이 아니니 어제와 내일이 생길 뿐입니다.

우리가 살고 있는 이 세상이 4차원 시공간이라고 생각을 하고 있지만, 세상은 어쩌면 4차원이 아닐지도 모릅니다. 만약 이 세계가 4차원이 아니라면 어떤 일이 생기게 될까요? 우리가 세상을 4차원으로 정해버렸기에 4차원만 보고 생각하게 될 뿐 다른 차원의 시공간에 대해서는 전혀 모르게 되고 말 것입니다. 사실 우리가 이 세상을 4차원이라고 인식하게 된 것도 100여 년 전 아인슈타인의 상대성이론이 나온 이후였습니다. 우주가 탄생되었던 초기 우주 시절에는 4차원이 아닐 수도 있습니다.

경계란 어찌 보면 마음과 생각에 의해 생기는 것이 아닐까 합니다. 누군가를 좋은 사람이라고 생각하면 그 사람은 좋은 사람이 됩니다. 어느 순간 그 사람이 싫어져서 나쁜 사람이라는 생각이 되면 그 사람은 나쁜 사람이 되어버리고 맙니다. 그 사람은 변하지 않았는데도 불구하고 나의 생각이 그 사람을 좋은 사람에서 나쁜 사람으로 바꾸어버리고 말았습니다.

원래 그 사람을 잘 몰라서 그랬다고 할 수 있지만, 그것은 어불성설입니다. 더 시간이 지나 나쁜 사람이라고 생각했던 그 사람만큼 더 좋은 사람이 없다는 것을 발견하게 될지도 모릅니다. 그 사람을 나쁜 사람이라고 생각했을 당시 나 자신이 몰랐던 그 사람만의 형편과 상황이 있었을 수도 있으니까요. 아주 힘든 일을 겪었던가, 몹시도 괴로운 어떤 일이 있어 평상시의 다른 모습을 보고 나 자신이 그에 대해 판단해 버렸다면 그것은 어쩌면 나의 잘못이 될 수도 있습니다. 나 스스로 경계를 지어 만들어버렸기에 그러한 일이 일어나고 마는 것입니다.

우리가 경계를 만들어버린다면 세상은 그 경계를 기준으로 갈려버리고 맙니다. 정말 좋은 사람인데도 불구하고 그에 대해 나쁜 사람이라고 경계 짓는 순간 그와의 인연은 끝나고 맙니다. 본질을 알기 전 나 스스로 경계를 그어 그 본질과 이별을 고하고 마는 것입니다.

경계를 넘어선다는 것은 결코 쉽지 않은 일일 것입니다. 내가 생각하는 것, 옳다고 믿는 것, 내가 가지고 있는 지식을 넘어서야 하기 때문입니다. 결국 나 자신이라는 경계를 넘나들어야 하기에 어쩌면 정말 어려운 일이라 할 것입니다. 하지만 어려운 일이니 도전해보는 것도 괜찮을 것 같다는 생각이 됩니다.

나 자신에 대해 옳다고 주장하는 한, 경계를 넘어서는 것은 결코 가능하지 않을 것입니다. 자신에 대해 확신하면 할수록 그 사람의 경계는 계속 작아질 수밖에 없게 되고, 시간이 지날수록 자신의 경계 밖의 세상을 볼 수 있는 능력이 사라져버리게 되고 말 것입니다.

나에게 보이는 것이 전부가 아닙니다. 내가 알고 있는 것이 다가 아닙니다. 나에게 보이지 않는 세상이 있고, 내가 잘 알지 못하는 세계가 있습니다. 내가 볼 수 있는 것은 극히 작은 세계에 불과하며, 내가 알고 있는 것은 바닷가 모래밭의 모래알 몇 개에 불과할 뿐입니다. 자신의 손바닥 안에 있는 모래알 몇 개로 그것이 세계의 전부라고 생각하는 한 그는 자신의 경계 너머에 있는 세상을 결코 볼 수 없을 것입니다.

자신의 주장을 강하게 하는 사람을 보면 똑똑해 보이기는 합니다. 하지만 그의 세계는 그것으로 인해 점점 좁아가고 있을지도 모릅니다. 다른 사람과의 논쟁에서 이기는 것에서 성취감을 느끼기도 할 것입니다. 하지만 그것이 그가 경계를 넘어서는 것에 방해가 될지도 모릅니다.

"좋은 것 속에 좋은 것이 없고, 싫은 것 속에 싫은 것이 없다." 라는 말이 있습니다. 출처가 어디인지 저는 잘 모르지만 이 말을 기억은 합니다. 자신의 분별은 오직 자신의 문제일 뿐 본질과는

다릅니다. 본질에 충실하기 위해서는 경계를 넘어서야 하지 않을까 싶습니다. 경계를 두는 한, 진정한 세상을 볼 수는 없습니다. 세상은 어쩌면 경계가 없는 하나일지도 모릅니다. 나 스스로 경계를 만드는 한 그 경계를 넘어선다는 것은 꿈조차 꿀 수 없을 것입니다. 내가 만든 경계를 허물어뜨리는 일, 그것이 어쩌면 나의 경계를 넘어서는 출발점이 될 수 있을 것입니다.

43. 사랑은 허무할지도

남녀가 함께 살아간다는 것은 무엇을 의미하는 것일까? 그것은 아마 사랑이라는 언어에 휘둘려 어쩌면 의미 있지만 어쩌면 허무할 수도 있을 시간의 울타리에 둘러싸이는 것인지도 모른다.

윤후명의 〈누란의 사랑〉은 삶의 한 가운데 사랑이 왔고, 그 사랑이 언젠간 떠나갈 것을 아는 두 남녀의 허무한 사랑에 관한 이야기이다.

"사랑이라는 말이 머리에 맴돌자 공연히 눈시울이 뜨거워졌다. 바닷가의 모래알처럼 많은 사람들 가운데 어찌하여 유독 그녀와 만나게 된 것일까. 숙명이니 섭리니 하는 낱말들은 정말 그럴듯했다. 나는 숨이 가쁘고 가슴이 답답해서 오히려 막막한 외로움에 휩싸인 느낌이기도 했다. 푸른 바다는 심연에서부터 설레는 사랑의 표상이었다."

사랑은 우연처럼 다가와 필연처럼 멈춘다. 그것을 인연이라고, 운명이라고 우리는 받아들인다. 생명이 태어나면 언젠가 사라지듯, 사랑 또한 마찬가지이다. 이 세상에 영원한 사랑은 존재하지 않는다. 시간의 함수일 뿐이다. 하지만 잠시일지라도, 아니 조금 더 오래일지라도, 함께 할 수 있었던 그 시간은 분명 존재의 의미를 부여해 준다.

"사실이지 난 니가 집을 나갔을 때는 미워할 게 없어져서 늘 맘이 비어 있었다. 니 아버지가 세상을 떠나자 난 줄곧 누군가 미워해야만 직성이 풀렸으니까. 그런데 막상 너밖에는 미워할 사람도 없었던 거야. 믿을 게 없어진 셈이지."

미움도 사랑의 일부일지 모른다. 사랑하지 않는다면 미움 그 자체도 없다. 소유라는 감정이 사랑의 본질의 일부인 것은 사실인 듯하다. 그러한 것이 없다면 미워할 어떠한 것도 없을 것이다. 미움마저 사라지는 날 사랑은 끝난다. 더 이상의 인연이 계속되지 않는다. 사랑하기에 믿게 되고, 믿을 수 있기에 미워하는 것인지도 모른다. 언제나 사랑이 그 자리에 있을 것이라 믿기에 그렇게 미워하는 것인지도 모른다.

"그 뒤 얼마 지나지 않아 그녀는 어떤 남자와 결혼했다. 얼마 지나지 않아서, 그 얼마를 구태여 따진다면 두 달 열흘이었다. 그렇다면 그녀는 내가 그렇게 꿈꾸어 왔듯이 또한 헤어짐을 꿈꾸어 왔다는 말이 된다. (중략) 누란, 아버지가 꼭 그곳으로 갔으리라는 보장은 없었다. 그러나 나는 서역 땅 그곳으로 가는 한 사내를 머릿속에 그렸다. 아울러, 양파꽃과 파꽃이 어떻게 다른지는 알 수 없어도, 파를 그렇게 만지기 힘들어하던 그녀를 생각했고 또 파꽃이 피어 있던 그 여관을 생각했다. 누란은 폐허가 된 오아시스 나라였다. 그 여관도 지금쯤 흔적 없이 뜯겼을 것이다. 그 사랑은 끝났다. 그리고 누란에서 옛 여자 미라가 발견된 것은 다시 얼마가 지나서였다. 그 미라를 덮고 있는 붉은 조각에는 '천세불변'이라는 글자가 씌어 있었다. 언제까지나 변치 말자는 그 글자에 나는 가슴이 아팠다. 그러나 미라는 미라에 다름이 아닌 것이었다. 미라와 그리고 언제 시들지도 모르는 양파의 하얀 꽃이 피는 나라. 그것이 우리의 만남인가. 세상 모든 만남이 그런 것인가. 아니, 폐허와 같은 사랑도 어떤 섭리의 밀명을 띠고 있는 것인가."

사랑보다는 존재 그 자체를 믿어야 했는지도 모른다. 있음이라는 것이 사랑이라는 감정보다 한 차원 높은 세계이기 때문이다. 꽃이 피면 언젠간 지듯, 삶의 한복판에 가슴 깊이 밀려왔던 사랑도 노을처럼 붉게 물들어 서산을 넘어가고 말았다. 지는 해를 어쩔 수는 없다. 다만 햇살이 있는 동안 따스함을 느꼈다는 것, 혼자인 것 같은 이 세상에 누군가와 함께 했었다는 것, 사랑은 그래서 어쩌면 허무한 것인지도 모른다.

44. 가슴 저미는 드보르작의 음악

32살 때 안나와 결혼한 드보르작은 그때까지도 작곡가로서 널리 인정을 받지 못하고 있었다. 조그만 임대주택을 빌려 결혼 생활을 시작했고, 비올라와 오르간을 연주하며 간신히 생계를 유지해야 했다. 그럼에도 불구하고 경제적인 사정은 나아지지 않아 틈틈이 피아노 레슨까지 했다. 힘든 무명 생활을 버티게 해준 것은 결혼 후 태어난 세 명의 아이였을지 모른다.

하지만 운명은 드보르작에게 커다란 슬픔을 안겨준다. 세 아이들이 태어난 지 얼마 되지 않아 첫째 아기가 세상을 떠나고, 다시 1년 반이 지나 둘째와 셋째마저 사망하고 만다. 자신의 분신과도 같은 어린 세 명의 아이를 모두 잃어버린 드보르작은 더 이상 세상을 살아갈 의지마저 없었을 것이다.

세 아이를 모두 하늘나라로 보낸 드보르작은 아돌프 헤이두크의 시를 읽으며 한없이 울었다고 한다.

늙으신 어머니 나에게

그 노래 가르치시던 때

그의 눈엔 눈물이 곱게 맺혔었네

이제 내 어린 아이들에게
그 노래 들려 주노라니
두 뺨 위로 한없이
눈물이 흘러내리네

드보르작에게는 더 이상 노래를 가르쳐 줄 아이들이 없었다. 자신의 사랑을 전해 줄래야 전해줄 수 없는 가혹한 운명을 그는 어떻게 극복해냈을까? 어쩌면 아이들을 모두 잃은 순간, 그에게는 삶의 이유마저 잃었을지도 모른다.

사랑하는 소중한 사람이 없는 세상은 얼마나 어둡고 가슴이 시릴까? 무언가를 하다가도 아이들이 생각이 나고, 어두운 밤을 뜬 눈으로 새우며 보냈을지도 모른다.

그는 자신을 낳아 키워준 어머니와 아이들을 생각하며 하이두크의 시에 곡을 붙였다. 그리고 그는 다시 용기를 얻어 자신의 음악에 몰입한다. 어쩌면 드보르작은 자신의 아픔을 음악에서 위안받았을지도 모른다.

그래서 그런지 드보르작의 아메리카를 듣다 보면 그의 가슴 아픈 삶의 운명이 느껴지는 것만 같다.

45. 주어진 시간은 얼마일까?

누군가와의 인연은 시간의 함수일 수밖에 없다. 우리가 이 세상에서 만나는 사람들과 함께 할 수 있는 시간은 제한되어 있을 뿐이다. 그 사람을 아무리 사랑하더라도 영원히 함께 할 수는 없다. 진정으로 소중하고 마음 깊이 자리 잡은 사람이라도 언젠가는 볼 수 없게 되는 시간이 다가온다. 잠시 스치듯 왔다가 가는 인연도 무수히 많다. 우리에게 주어진 인연이라는 시간은 언제 끝날지 그 누구도 알 수가 없다.

한강의 〈희랍어 시간〉은 말을 잃어가는 한 여자와 시력을 잃어가는 한 남자의 아주 짧은 시간 동안의 사랑에 대한 이야기이다.

“어리석음이 그 시절을 파괴하며 자신 역시 파괴되었으므로, 이제 나는 알고 있습니다. 만일 우리가 정말 함께 살게 되었다면, 내 눈이 멀게 된 뒤 당신의 목소리는 필요하지 않았을 겁니다. 보이는 세계가 서서히 썰물처럼 밀려가 사라지는 동안, 우리의 침묵 역시 서서히 온전해졌을 겁니다. 당신을 잃고 몇 해가 지난 뒤, 두 개의 필름 조각을 통해 해를 올려다본 적이 있습니다. 두려웠기 때문에 정오가 아니라 오후 여섯 시에. 엷은 산을 부은 듯 눈이 시어 나는 오래 계속할 수 없었습니다. 다만 그리웠을 뿐입니다. 내 곁에 앉아 있지 않은 당신의 손등이. 연한 갈색 피부 위로 부풀어 오른 검푸른 정맥들이."

인생의 많은 부분을 우리는 어리석게 살아가고 있는지도 모른다. 아무것도 알지 못한 채, 자신이 많은 것을 알고 있다는 착각 속에서, 진정으로 중요한 것을 잊은 채, 현재를 살아가고, 나중에야 자신의 어리석음을 깨닫곤 한다.

그러한 어리석음이 우리 삶의 일부를 파괴하고, 돌이킬 수 없는 시간의 누적으로 인생을 채워가곤 한다. 내가 바라는 것이 없어도 충분히 행복할 수 있음에도, 내가 원하는 것이 아닐지라도 충분히 가슴 벅찬 삶이 될 수 있음에도, 우리는 그러한 능력이 되지 못해, 진정으로 소중하고 아름다운 것들을 잊어버린 채 살아가고 있는지도 모른다.

"그녀의 셔츠가 비와 땀에 젖어 있다. 붕대를 감은 오른손을 허공에 둔 채, 그는 그녀의 등을 끌어안은 왼팔에 조금 더 힘을 준다. 아래층에서 누군가 세게 문을 닫으며 복도로 나오는 소리가 들린다. 침묵하는 그녀의 우산에 빗줄기들이 소리치며 떨어졌던 것을 그는 모른다. 운동화 속의 맨발들이 흠뻑 젖었던 것을 모른다. '갑자기 찾아오지 말라고 했잖아. 길에서 헤어지면 기분이 더 이상하다고 했잖아.' 그녀가 안으려고, 팔을 붙들려고, 손을 잡으려고 하자 물고기처럼 재빨리 빠져나간, 지느러미처럼 부드러운 살갗을 모른다. 빗물이 고여 생긴 검은 웅덩이들을, 그 위로 날카로운 대침처럼 꽂히던 빗발을 모른다."

조금만 더 현명했더라면, 조금만 더 욕심을 부리지 않았더라면 그 소중한 인연의 시간들을 훨씬 더 아름답게 보낼 수 있었을 것을, 주어진 시간이 다 지나고 나서야 그것을 깨닫곤 한다.

모든 것이 다 끝난 후, 돌이켜 보는 순간만이 남았을 때, 후회 없이 그 시간을 보냈다고 자신할 수 있는 사람이 얼마나 될까?

우리에게 주어진 아름다울 수 있는 시간은 그리 길지는 않을 것이다. 희랍어를 배울 수 있는 시간 정도밖에 되지 않을지도 모른다. 왜 우리는 그 소중했던 시간을 잃어버렸던 것일까? 분명히 우리에게 주어졌던 시간이었음에도 무엇을 하였길래 그러한 소중한 시간을 잃고 말았던 것일까?

아름답고 의미 있는 시간과 인연들을 더 이상 잃지 않기 위해 나는 지금 무엇을 해야 하는 것일까?

46. 말은 파동일 뿐

소리는 공기를 매질로 하는 파동에 불과합니다. 평균적으로 1초에 340m를 진행하는 종파입니다. 소리에는 우리가 하는 말이 들어있습니다. 어떤 사람이 말을 하면 그것이 소리라는 파동에 얹어져 공간으로 이동하고 나에게 도달해 들리는 것입니다.

사람은 같은 현상임에도 불구하고 때에 따라 다른 말을 하곤 합니다. 어제와 오늘 날씨가 비슷함에도 불구하고 어제는 날씨가 좋다고 했다가 오늘을 날씨가 좋지 않다고 하기도 합니다. 자신의 기분에 따라 같은 날씨임에도 불구하고 말이 바뀔 수가 있는 것입니다.

파동은 매질에 따라 운동을 합니다. 운동이란 시간의 함수가 됩니다. 그러니 파동은 시간이 지나면 위치가 변해있기 마련입니다.

따라서 파동이 어느 지점을 지나고 나면 그 파동은 다른 원인이 없는 한 다시 그 자리로 돌아오지는 않습니다. 파동은 어느 공간에 순간적으로만 존재하는 것입니다.

말도 마찬가지가 아닐까 싶습니다. 말이란 순간적인 것에 불과합니다. 말은 지나고 나면 아무것도 아닌 것이 됩니다. 다시 그 말을 듣고 싶어도 본인이 그 말을 들을 수 있도록 노력하지 않는 한 들을 수가 없습니다.

돌이켜 생각해보면 저는 지나간 말을 너무나 오랫동안 마음에 담아두는 경향이 있었던 것 같습니다. 누군가가 저에게 속상한 말을 하면 계속해서 그 말을 저 스스로에게 하였던 것입니다. 그로 인해 마음 상하고 속상한 것이 며칠씩 가고 그랬던 것 같습니다.

언제부턴가 저에게 다가오는 언어를 순간적으로만 받아들이게 되었습니다. 말이건 글이건 한번 저를 스치고 지나간 언어들을 다시 저에게 돌아오라고 부르지 않게 됩니다. 한번 지나간 그 언어가 그 순간 수명이 다한 것이라 생각합니다.

그래서 그런지 누군가가 저에게 마음 아픈 말을 하면 예전과 달리 그리 오래가지 않고 마음속에서 잠시 있다 사라져버리곤 합니다. 더 이상 담아두지 않으니, 속상한 마음이 오래가지는 않았습니다.

나를 지나쳐 버린 말은 이제 더 이상 존재하지 않기에 나와는 무관한 것이라는 생각이 저의 마음을 조금은 편하게 해주는 것을 느꼈습니다. 이제 다른 사람과의 언어를 통한 상호작용에서 어느 정도 자유를 가질 수 있을 것이라는 생각이 들었습니다.

말이라는 단순한 파동에 왜 그리 집착을 했는지 지금 생각해보면 어리석었던 것 같습니다. 그냥 다 지나가 버린 것으로 생각하면 되는 것을, 왜 그리 오래도록 저 스스로 잡고 있었는지 저의

미련함을 깨닫게 되었습니다.

이제는 저에게 오는 모든 언어를 그저 지나가는 파동이라고 생각합니다. 좋은 것도 지나가고, 좋지 않은 것도 지나가는 그저 평범한 파동이라고 여기고 있습니다. 더 이상 다른 사람이 하는 말이 저에게 엄청난 영향을 주지는 않을 것 같습니다.

다른 사람이 저에게 나쁜 말을 하더라도 제가 그것을 듣는 순간 이미 그 파동은 저를 지나쳐 버렸기에 더 이상 저와는 아무런 상관이 없는 파동이 되어버렸다고 생각하니 전혀 문제 될 것이 없습니다.

물론 저도 사람이라 아직까지는 힘들게 하는 말이 내면에 조금은 남아있지만, 더 훈련을 하다 보면 이제 타인과 하는 언어의 상호작용에서 온전히 자유를 느낄 수 있을 것 같다는 생각이 듭니다.

이제 다른 사람이 저에게 어떠한 말을 해도 상관하지 않으렵니다. 속상해하지도, 두려워하지도, 마음 쓰지도 않으려고 합니다. 그가 하는 언어는 제가 있는 공간에 순간적으로 지나가 버리고 마는 파동일 뿐이기 때문입니다.

물론 저를 행복하고 기쁘게 해주는 말은 오래도록 간직할 것입니다.

47. 생각을 멈추고

해가 뜨기 전 창밖을 바라보았습니다. 주위는 조용하고 어두컴컴했습니다. 창밖을 바라보며 오늘은 무엇을 해야 할지, 오늘은 어떤 일이 생길지 생각에 잠기게 되었습니다.

그러나 불현듯 생각이 나의 삶을 끌고 가는 것 같다는 느낌이 들었습니다. '만약 내 생각에 문제가 있다면 그 생각이 끌고 가는 나의 삶은 괜찮을 것일까?' 하는 의문이 들었습니다.

오늘 내가 만나는 사람들, 그들을 나의 생각대로만 판단하고 대하는 것은 아닐지, 혹 그렇다면 나는 그 사람의 존재를 제대로 알지도 못하는 상태에서 그들과 상호작용을 하는 것에 불과할 뿐일 것입니다.

내 주위에 일어나는 일들을 나의 생각대로 판단해 버린다면 그것 또한 잘못일 수 있고, 세상을 단지 나의 색안경으로 보고 마는 것이겠지요. 진정한 세상을 알지도 못한 채 그것이 세상의 전부인 양 결론을 내릴 것입니다.

어쩌면 나의 생각이 온전한 삶에 방해가 될지도 모릅니다. 세상을 잘 알지 못하게, 사람을 온전히 이해하지 못하게 할 수도 있으니까요.

생각에서 자유를 얻는다는 것은, 생각에 너무 의지하지 않아야 한다는 것이 아닐까 싶습니다. 내 생각이 전부인 것인 양 전적으로 그것에 의지해 살아가면 생각이 삶을 앗아갈지도 모릅니다. 생각은 생각일 뿐입니다. 그것은 진리가 아니며 삶의 극히 일부분에 불과할 것입니다. 그 생각에게 나의 삶 전체를 맡길 수는 없을 것입니다.

내 생각에서 해석된 세상, 내 생각으로 판단한 사람, 그것에 어쩌면 커다란 오류가 있을지 모릅니다.

언제부턴가 자신의 주장을 강하게 하지 않는 사람이 좋아지기 시작했습니다. 자신감을 가지고 자신의 생각을 논리정연하게 주장하는 사람이 멋있어 보이기는 하지만 이제는 다른 사람의 의견을 좀 더 받아주는 사람이 더 편합니다.

나의 생각은 완전하지 않을 것입니다. 그것에 나의 온전한 삶을 이제는 맡기지 않을 것입니다. 나의 생각이 옳지 않을 수도, 착각일 수도, 잘못된 것일 수도 있기 때문입니다.

오늘 하루도 여러 가지 일을 해야 하고, 많은 사람을 만나야 합니다. 나의 생각을 잠시 멈출 수 있는 그런 하루가 될 수 있기를 희망해 봅니다.

48. 아름답지만 어쩔 수 없는

운명은 우리의 소망을 항상 이루어지게 하지는 않는다. 그것이 평생 가장 간절한 단 하나의 소망일지라도 운명은 이를 외면하기도 한다. 그러한 운명 속에서도 살아가야만 하는 것이 인생일 수밖에 없다.

이문열의 〈폐원〉은 아름답지만 지나가 버린 인생의 찬란했던 시절에 대한 이야기이다.

"그러나 일단 그런 곳을 지나면 그곳은 참으로 아름다운 여름밤이었다. 유난히도 별이 총총한 하늘 가운데로 은하수가 곱게 흐르고 있었다. 가까운 숲의 풀벌레 소리와 먼 논의 개구리 울음, 또 도로 연변의 호롱불 깜박이는 마을들은 감미롭고 아늑한 정취마저 자아냈다. 그리고 그런 주위의 아름다움은 우리들의 마음을 쉽게 공감으로 일치시켜 잡은 손도 점점 자연스러워지고 대화도 순조롭게 풀려나갔다."

삶에서 아름다운 순간, 그 순간이 영원히 지속된다면 얼마나 좋을까? 하지만 삶은 그렇게 단순하지는 않다. 가슴 아프지만, 어쩔 수 없는, 그러한 순간으로 채워져 가는 것이 우리의 인생일 수도 있다.

자신의 소원과 소망이 아무런 문제 없이 이루어진다면 얼마나 좋을까? 안타깝게도 삶이란, 운명이란 결코 그러한 것을 쉽게 허용하기에 커다란 상처를 부여안고 살아가게 될 수밖에 없다.

"나는 달렸다. 이제야말로 그 애로부터, 운명의 오랜 저주로부터 영원히 도망할 때라고 느껴졌다. 그리고, 그것이 그 애와의 마지막이었다. 아아, 이 몽롱한 취기만이 아니더라도 나는 좀더 아름답고 조리 있게, 또 더러는 애절한 목소리로 우리의 사랑을 추억할 수 있을 것이언만, 그 후의 세월이 얼마나 공허한 것이었고, 얼마나 많은 명정의 밤이 내 아침을 슬프게 하였던가도. 그리고 지금조차도 늦어 돌아가는 도회의 골목길이 얼마나 쓸쓸한가를…."

아무리 시간이 지나도 마음 깊은 곳에 멈추어있는 순간들이 있다. 어쩌면 일생에 있어 가장 아름답고 찬란했던 순간이었지만, 이루어질 수 없기에 삶을 가슴 아프고 외롭게 하는 것일지 모른다.

이제는 그것으로부터 자유로워져도 좋지 않을까 싶다. 결코 닿을 수 없기에, 돌이킬 수 없기에, 삶의 순간이 이제는 얼마 남지 않았기에, 그저 간직함으로써 충분하다는 생각으로 내려놓아야 할 때가 되었기에.

49. 슬픈 영혼들을 위한 진혼곡

어두운 시대 속에서 살아갈 수밖에 없는 인간은 그 운명의 무게를 버티지 못하는 경우도 있다. 어느 시공간에 태어나 살아가야 하는지는 자신의 선택에 의할 수가 없다. 그저 주어지는 것에 불과하다. 그것도 단 한 번일 뿐이다. 그 소중한 삶이라는 기회를 시대와 역사가 송두리째 앗아가 버린다면 그 슬픈 영혼의 아픔은 누가 달래줄 수 있을까? 한강의 〈소년이 온다〉는 아픈 역사적 시대에서 피어보지도 못하고 진 슬픈 영혼들의 진혼곡이다.

"이제 끝이구나, 나는 생각했어. 수많은 그림자들이 가냘프고 부드러운 움직임으로 파닥이며 내 그림자에, 서로의 그림자들에 스며들었어. 떨며 허공에서 만났다가 이내 흩어지고, 다시 언저리로 겹쳐지며 소리 없이 파닥였어. 기다리고 있던 군인들 중 두 사람이 걸어 나가 석유통을 받아들었어. 침착하게 뚜껑을 열고 몸들의 탑 위에 기름을 붓기 시작했어. 우리들의 몸 모두에게 고르게, 공평하게, 통에 남은 마지막 한 방울의 기름까지 털어 뿌린 다음 그들은 뒤로 물러섰어. 마른 덤불에 불을 붙여 힘껏 던졌어."

힘없고 약한 민중들의 외침은 그저 메아리에 불과했던 것일까?

그들에게 돌아온 것은 어떠한 과정도 없었던 죽음뿐이었다. 그토록 허무하게 이생을 작별한 그들에게 우리는 무엇을 해줄 수 있는 것일까?

“우리 조의 절반 이상이 미성년자였습니다. 장전을 하고 방아쇠를 당기면 정말 총알이 나간다는 게 믿기지 않아, 도청 앞마당에 나가 밤하늘을 향해 한발 쏘아보고 돌아온 야학생도 있었습니다. 스무 살이 되지 않은 사람들은 집으로 보낸다는 지도부의 지침을 거부한 건 바로 그들 자신이었습니다. 그들의 의지가 너무 강했기 때문에, 만 17세까지만이라도 억지로 돌려보내는 일에 긴 언쟁과 설득이 필요했습니다.”

소년과 소녀, 그들은 현실을 믿지 못했는지도 모른다. 그들을 보호해주며 위해주어야 하는 어른들에게 죽임을 당할 것이라 상상하지도 못했을 것이다. 시대는 그 어린 소년, 소녀들에게 그러한 일을 해야만 했던 것일까?

아직 피어나지도 못했던 그 슬픈 영혼들의 아픔은 그 시대를 살아온 모든 사람의 책임일지도 모른다.

“어떤 기억은 아물지 않습니다. 시간이 흘러 기억이 흐릿해지는 게 아니라, 오히려 그 기억만 남기고 다른 모든 것이 서서히 마모됩니다. 색 전구가 하나씩 나가듯 세계가 어두워집니다. 나 역시 안전한 사람이 아니란 걸 알고 있습니다. 이제는 내가 선생에게 묻고 싶습니다. 그러니까 인간은 근본적으로 잔인한 존재인 것입니까? 우리들은 단지 보편적인 경험을 한 것뿐입니까? 우리는 존엄하다는 착각속에 살고 있을 뿐, 언제든 아무것도 아닌 것, 벌레, 짐승, 고름과 진물의 덩어리고 변할 수 있는 겁니까? 굴욕당하고 훼손되고 살해되는 것, 그것이 역사 속에서 증명된 인간의 본질입니까?”

인간이란 무엇일까? 무슨 이유로 하나의 인간이 다른 인간을 판단하고 억압하고 강요하고 죽임을 가하는 것일까? 너와 나는 그저 비슷한 존재가 아니면 안 되는 것일까? 무슨 이유로 소중한 한 인간의 삶 전체를 그토록 허무하게 송두리째 앗아가 버리는 걸까?

어두운 시대 속에서 살아갈 수밖에 없었던 가냘픈 그 영혼들에게는 어떠한 것으로도 위로가 되지 않을지도 모른다.

50. 씨앗과 뿌리

나무는 씨앗에서 시작되듯, 우리 삶의 많은 부분이 아주 조그만 것에서부터 시작된다. 우연히 생전 처음 만나는 사람과 인연이 되고, 그것을 시작으로 삶의 방향이 달라지기도 한다.

씨앗과 같은 우리 생의 아주 조그마한 것이 우리의 삶을 어떻게 변화시키는 것일까? 그 변화 속에서 우리는 온전한 삶을 살아가고 있는 것일까? 김영하의 〈당신의 나무〉는 이러한 삶의 얽힘에 대한 이야기이다.

"누구라도 유적들을 휘감고 탐욕스럽게 커버린 10층 건물 높이의 판야 나무를 본다면 이곳을 떠도는 마성을 감지하지 않을 수 없을 것이다. 인간이 만든 모든 것을 무화시키는 작디작은 씨앗의 위력. 그것에 떨게 되고 자연스레 살아온 날들을 반추하게 될 것이다. 당신이라고 예외는 아니었다. 당신 역시 당신의 삶에 날아 들어온 작은 씨앗에 대해 생각한다. 아마도 당신 머리 어딘가에 떨어졌을, 그리하여 거대한 나무가 되어 당신의 뇌를 바수어 버리며 자라난, 이제는 제거 불능인 존재에 대해서."

씨앗이 자라 나무가 되면 그 뿌리의 왕성한 성장으로 인해 주위의 많은 것들이 파괴되기도 한다. 아주 조그마한 씨앗이 그러한 일을 하리라고 처음에는 상상하지 못했을 수도 있다. 하지만 시간이 흐르며 점점 더 커지는 뿌리로 인해 주위에 존재하는 것들이 영향을 받지 않을 수 없다.

"세상 어디는 그렇지 않은가. 모든 사물의 틈새에는 그것을 부술 씨앗들이 자라고 있다네. 지금은 이런 모습이 이곳 타프롬사원에만 남아있지만 불과 몇십 년 전까지만 해도 밀림에서 뻗어 나온 나무들이 앙코르의 모든 사원을 뒤덮고 있었지. 바람이 휑하니 불어와 승려의 장삼을 펄럭였고 당신의 땀을 증발시켰다. 승려의 말은 계속 이어진다. 그때까지 나무는 두 가지 일을 했다네. 하나는 뿌리로 불상과 사원을 부수는 일이요, 또 하나는 그 뿌리로 사원과 불상이 완전히 무너지지는 않도록 버텨주는 일이라네. 그렇게 나무와 부처가 서로 얽혀 9백 년을 견뎠다네. 여기 돌은 부서지기 쉬운 사암이어서 이 나무들이 아니었다면 벌써 흙이 되어버렸을지도 모르는 일. 사람살이가 다 그렇지 않은가."

어찌 보면 뿌리가 주위의 것들을 파괴하고 있는 것 같지만 그러한 커다란 뿌리로 인해 주위의 것들이 유지될 수 있다. 그 뿌리로 인해 무너져 내릴 것이 무너지지 않고 오랫동안 지탱될 수 있다.

나와 타자와의 관계도 마찬가지가 아닐까? 처음 우연히 만난 그 인연이 처음에는 소중하여 간절하지만, 시간이 지나며 그 인연은 점점 커져 상대 삶의 많은 부분에 영향을 주게 된다. 비록 그 영향이 불편하고 힘들더라고 그렇게 얽혀 있기에 더 심한 폭풍우에도 버틸 수 있는 것이 아닐까?

"나무와 부처처럼 서로를 서서히 깨뜨리면서, 서로를 지탱하면서 살고 싶다. 여자는 아무런 대꾸도 하지 않는다. 어쩌면 잘못 건 전화인지도 몰랐다. 당신은 수화기를 내려놓았다. 그리곤 여장을 꾸려 앙코르를 떠났다. 당신의 시간이 다시 거꾸로 흐르고 있다."

뿌리의 영향이 나무 주위의 존재에 부담이 되는 것을 사실일 것이다. 나와 타자와의 상호관계가 시간이 갈수록 점점 서로에게 영향을 미치는 것 또한 사실이다. 뿌리가 주위를 지탱해주듯, 인간의 서로 간의 얽힘은 더 커다란 폭풍우 속에서도 서로를 의지하며 견뎌내게 해주는 원동력이 되는 것이 아닐까?

나에게 이르는 길

정태성 수필집 값 12,000원

초판발행 2023년 1월 15일
지 은 이 정태성
펴 낸 이 도서출판 코스모스
펴 낸 곳 도서출판 코스모스
등록번호 414-94-09586
주 소 충북 청주시 서원구 신율로 13
대표전화 043-234-7027
팩 스 050-4374-5501

ISBN 979-11-91926-70-5